三民叢刊 180

蘭苑隨筆

鍾梅音 著

三民書局印行

【新版說明】

《蘭苑隨筆》一書，是鍾梅音女士旅泰期間生活見聞與思想情感的點滴紀錄。書中或緬懷故人舊事，或描寫異國風情，或追敘東南亞諸國歷史，字裡行間都洋溢著親切的情味，使人自然沉浸於其筆下的世界。

透過她細膩的觀察與入微的描寫，星、馬、泰等國的風土人情和軼聞掌故，無不栩栩如生，躍然紙上。尤其結合作者的親身體驗，讀來更有如臨其境之感。作者特別擅長於平凡的日常事物、家常瑣語中，發掘出人所未見之處，言近旨遠，耐人咀嚼。

鍾女士自小由父親面授國學，奠定了堅實的文學基礎，後於海外遊歷，眼界大開，為文更加雋永。本書不但可見作者溫婉典雅的人格特色，相較於一切講究速成、疏離的資訊時代，其所呈現的優雅閒適、平易近人文風，尤具有歷久彌新的價值。

本書原收在「三民文庫」，因開本與字體較小，今特予重新編排，以饗讀者。

三民書局編輯委員會謹誌

蘭苑隨筆

目次

2 蘭苑隨筆

鳥歌

那年經過夏威夷住在海邊，黎明醒來，第一件令我既驚且悅的是聽見鳥叫了。

在臺北時，多慈姊與沉櫻姊都曾邀我去她們的鄉居小住，說鳥兒唱得實在好聽，但那時我忙得連想想都覺奢侈。不料來到曼谷後，鳥兒們美妙的歌聲一直追隨我，從住宅到學校，從夏天到「冬天」，最熱鬧是春來時。

牠們一點也不怕人，還記得泰語班第一天開課，各班先在二樓會議室集中聽訓，兩側都是毛玻璃製的闊片百葉落地長窗。就在布朗博士說得眉飛色舞時，竟有鳥兒從窗隙裡飛了進來，身段纖秀如柳葉，大小亦如柳葉，羽毛黑如絲緞，卻有深紅的雙翼，正是雅各・狄拉曼 (Jacques Delamain) 筆下的紅翅雀 (Red Wing)，那時才八月下旬，已從歐亞北部飛來這兒過冬了。瞧牠輕盈款步地在樓板上來回點了幾下，旁若無人，全不把那位博士放在眼裡，卻惹得附近的學生對牠側目而視，大家呆滯的眼神立即充滿了愛。

學校中有自助餐室。茂密的老槐樹彎下腰來像一頂巨傘，遮住半畝蓮塘，對面還有一大片草坪與樹林，鳳凰木開著火焰似的紅花。蓮塘這邊樹下還有咖啡座，當座客稀少時，常有麻雀飛來腳邊啄食地上的餅屑。布袋蓮的葉子大得像蒲扇，紫色洋蘭似的蓮花開遍，蛺蝶紛飛。

我在泰語課完了之後，經常坐在這兒等著再上英文課，除非借書，很少去圖書館，不只因為那兒的冷氣令我想穿棉襖，實在更愛這兒的景物。密林中常有小女孩似的幾聲嬌啼傳來，有時又像唱歌：「啦啦啦啦啦」，有時先用「京片子」說：「小弟小弟，小弟小。」接著用上海口音說：「來來來！」

我問泰國同學是什麼鳥，她們說了兩個泰國名字，我都不懂，但有一句不成問題：「牠們能學人語」，我猜若非百靈，就是八哥，雖然牠們所說的，未必正是我想的（泰國鳥該說泰國話才對），但那種嬌聲嬌氣的腔調，難道竟是從這些女孩們學來的？

像這種「會說話的鳥兒」，有一陣子幾乎每天都聽見，可是不多，最熱鬧的是「管絃樂演奏」，而且一「家」有一「家」的特點，教你默譜都來不及。當我少女時，音樂課上有「視唱默譜」。上半截是不要鋼琴伴奏，拿起陌生的歌譜就唱；下半截是老師先告訴我們用什麼調，幾分之幾拍，然後彈一段鋼琴，我們用「豆芽菜」把主調記在五線譜上，高低、快慢，甚至表情，都要交代清楚，頂多只彈三次。我的成績還算不錯的，但如今發現為鳥歌默譜，還比那課堂上的默譜困難。

原來鳥兒們才真正是一群不受任何拘束的「現代音樂家」，巴哈定的十二平均律根本不適用於鳥歌。這些「現代音樂家」的「作品」不但把半音當作家常便飯，而且常常出現微分音——三分之一音或四分之一音。

如此說來，鳥兒的音樂遠比人類的細緻。雖然牠們用的都是「不完全音階」，且多變音，但仍非常悅耳，百聽不厭。就發音高低的控制而言，鳥兒也比人類高明（人類有時連半音都唱不準，蹩腳的甚至唱全音也會走調兒呢）。牠們曾否經過「嚴格訓練」雖不得知（事實上雛鳥從剛剛出殼以後便已蹲在窩底經常跟母鳥唧唧噥噥地學舌了），無論如何，牠們唱來毫不走音，確是事實。這使我一聽到熟悉的旋律便有如見故人的喜悅：「啊，牠又來了！」

不過鳥兒也跟人類一樣，並不個個都是傑出的歌唱家，譬如麻雀，就是很差的一種。

牠只能奏單音，喳喳喳喳，道地的「碎嘴子」，幸虧牠們還有自知之明，並不整天在耳邊聒噪。另有一種鳥雖也很拙，但很努力，很謙遜，只聽牠時常怯怯地左試、右試，始終不曾入調，足見作曲之難！

牠辛苦地試了一會兒，不得要領，也就立即飛走。可是當牠過幾天再來，我仍能辨出牠的歌聲；那謙遜地，怯怯地「不入調的趣味」，似也正是另一種可愛的特色。

還有一種雀子，雖然也是奏的單音，但能以急板(Presto)一口氣唱下去，如灑一大把珠子落地，熱鬧異常，聽不出是一隻或一群的成績。若是一隻而能有此效果，也很了不起，雖無旋律，但不失為「特技表演」。

就在這演奏的同時，又有一種趣味完全相反的，但也是用單音演唱的鳥兒出現。牠顯得很從容，並不苦苦練聲，只用細細的嗓門兒一聲一聲溫存地叫著，聲音裡有水份的感覺，柔潤極了，像情人呼喚她的愛侶，或更像慈母呼喚她的愛兒。

聽鳥需要悠閑安詳的心境，在學校等上課的時光，又不如在我住宅蘭棚下的清晨。週末上午，別人好夢正酣，園中寂寂，我帶著紙筆書本悄然來到棚下，先把蘭花欣賞一番——全是各種顏色的洋蘭，紅黃紫白，燕瘦環肥；大朵小朵，單瓣複瓣；深色淺色，單色雜色……泰國人喜歡把蘭花一缽一缽地吊在棚下，偃仰有致，情調美極。

三百公尺的例行游泳以後，才換上寬寬的長袍坐下來做我的功課，四周全是樹木，大王椰、針葉松、榕樹、檳榔、芭蕉、木棉、柳樹、芒果……鳥兒總比太陽早起，從天亮之前就一直唱著，先是滴落銀瓶的三兩聲，漸漸變成一呼一應，一會兒遠，一會兒近，偶然還有「合唱」以為「催場」。

等太陽上來了，飲足朝暾釀成的醇醪之後，在「光華四射的自然大舞臺」上，傑出的音樂家們才次第出場，於是可以入調的旋律漸漸多了。——

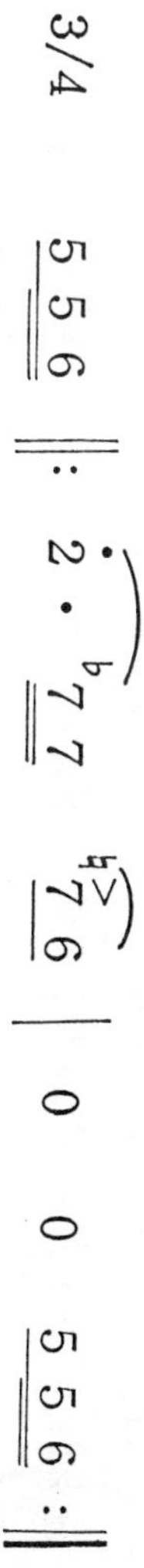

3/4　556 ‖: 2̇・♭77 ♮76 | 0 0 556 :‖

‖:和:‖是反覆記號，從弱音開始以後，就在後面兩小節裡來回來回地唱著，重音在2̇上面，唱到一又四分之三拍時，很圓滑地落在7上面急挫兩下，然後重頓一下以半拍收住，等間歇兩拍，歌聲又起，我曾說過牠們喜歡用變音，每三四個音裡總有一兩個sharp（升）或flat（降），不過那記號只能表示這種傾向，並不代表升半音或降半音，因為有時是三分之一音，甚至四分之一音。

有一隻鳥每次都以非常熟練的技巧拉胡琴——

4/4 5 #6 1̇ 1̇ 0 ‖: 5 ♮676 5676 5676 5 | 0 5 #61̇1̇ 0 :‖

四分之四拍，兩個小節一快一慢，6第一次出現時有點 sharp，下一小節立即又恢復全音，假如說牠「沒譜」，令人難以置信。還有一種鳥的鳴聲則是把重音放在最後，輕音在前面圓滑進行，聽去彷彿一粒玻璃球在一條弧線上滾動，而在弧線的彼端有一片金屬薄板擋住，因此最後鏗然一聲，那休止符像刀切的一般俐落乾淨。

在以上那些愉快的「春之歌」裡，還有一位「行吟詩人」——

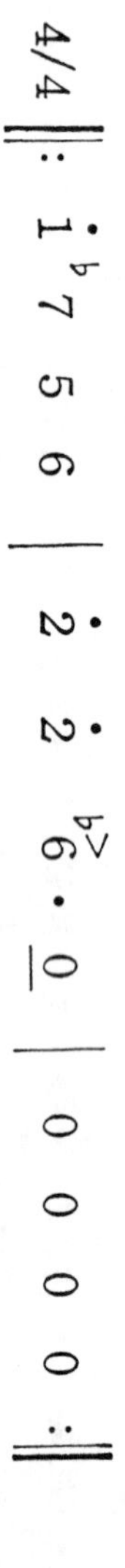

4/4 ‖: 1̇ ♭7 5 6 | 2̇ 2̇ ♭6̂ · 0 | 0 0 0 0 :‖

四分之四拍的行板 (Andante) 散步的速度，也可以稱之為小慢板。7與6都有點 flat，但未降到半音，大約是四分之三音。

這是鳥歌中不用圓滑進行的極少的例子，最後一音用的是頓音，頗有一唱三歎之概，而且歎完氣以後，要休止四拍半之久，好像在追尋甚麼？褪色的夢境？將逝的春天？莫非就是杜宇吧？但古人形容杜宇似在訴說「不如歸」，那麼應當只有三個音，沒有七個音，這點姑且存疑。

在人類的音樂裡，圓滑進行表示愉快、活潑，反之，意義就兩樣了，因此乾澀暗啞的老鴉叫聲最惹人厭，而近代作曲家們也一直以粗糙的不協和絃來表現曲調中的苦悶與沉痛。不過被我稱為「行吟詩人」的那位，即使在「悲愁」地「歎息」時，也仍那麼溫婉可愛，頗得孔子刪《詩經》的評語「哀而不傷」之旨。

在中南半島這片屬於泰國的樂土上，像這樣的「行吟詩人」似乎不多，就和泰國人一樣，鳥兒的歌聲也大都具有樂天明朗的活潑性格，所以行板與中庸速度 (Moderato) 很少，大都是小快板 (Allegretto) 或快板 (Allegro) ——

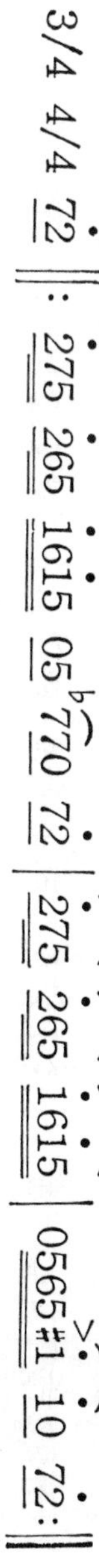

3/4 4/4 72 ||: 275 265 1615 05 ♭770 72 | 275 265 1615 | 0565♯1 10 72 :||

此曲聲如豎笛，銳而柔，那兩個變音，一降一升，聽牠們唱來真是嗲聲嗲氣，令我想起瓊茜蒙絲在「一代歌伶」中唱的爵士調。至於節奏以四分之三和四分之四拍輪流出現，只是我憑鳥兒歌唱時的輕重疾徐的印象劃分出來，為了記錄方便，並無特殊意義——若有，也只有問鳥兒自己了。——實際上，牠們演唱時往往隨興之所至，會有小小的變化，只是八九不離十，變來變去仍然繞著這個旋律，非常靈活，有時我甚至懷疑牠們用了對位法，遠比我譜的複雜呢！

還有一種鳥兒喜歡在一陣拉鋸以後，忽然用震音（Tremolo）豁出去，聽去好像兒時玩的抖嗡——和毽子的命運一樣，如今的孩子們都不玩這個了。那是用木頭做的空心陀螺，另外用兩根細棒繫於細繩之兩端，一手拿一根，用細繩把陀螺捲起在半空裡扯來扯去，這就會發出一種嗚嗚然的宏亮的鳴聲。——其音壯而厲，沒有旋律，只會拉鋸、顫抖，這是「現代音樂家」裡最具個性，也最惹人注意的一位。

但因為牠的歌聲引起我對童年遙遠的聯想，我還是說不出的喜歡，如用繪畫來比，牠是眾多色彩繽紛裡的一團濃墨，有了牠的陪襯，使其他的歌聲更華麗了。

有一次，緊隨在這「一團濃墨」之後，忽然出現一段特別清越的旋律——

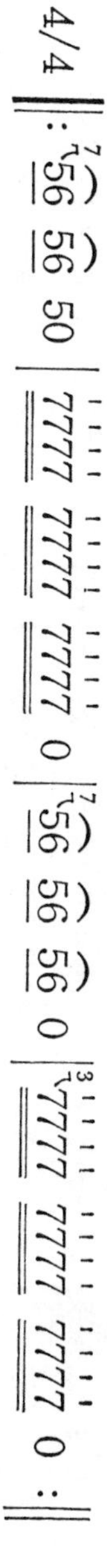

9 歌鳥

4/4 ||: ⁷56 56 50 | 7777 7777 7777 0 | ⁷56 56 56 0 | ³7777 7777 7777 0 :||

第一和第三、第四樂句都以柔媚的倚音（亦稱滑音）開始，以快板 (Allegro) 進行。這位鳥兒音樂家居然懂得用裝飾音！人類的小提琴曲最喜歡用裝飾音，而這隻鳥兒的音色亦恰似第一小提琴，牠用「飛弓」奏法，周而復始，能持續「飛」兩三分鐘之久。無論就「作曲技巧」與「表達能力」來說，都是鳥兒裡面出類拔萃的一位。這使我忍不住放下書本去循聲追尋，可是剛剛起身，歌聲已杳，惟見樹葉顫動，卻鑽出來一隻大松鼠。

當然那歌聲決不是松鼠先生的傑作，不過，張冠李戴的事也不是沒有。

剛來曼谷時，住所地近郊區，每到黃昏，先是聽見一串尖銳的傻笑，然後啊嚏！啊嚏！啊嚏！那噴嚏越打越快，要連打七八個之多；也有時像老人的咳咳嗆嗆，咳到後來彷彿肚腸都要咳斷了。從直覺上，我肯定是那位奇醜的「貓頭鷹之歌」，無論從「曲調的風格」和「演唱的音量」去推測都不會錯，某夜宴畢歸來，我曾見牠就蹲在窗前樹椏裡，只是當時牠沒唱罷了。

後來日間也聽見了，問房東太太，她立即教人捉一條給我看，原來是蜥蜴，泰國人叫「啄基」(Docky)，狀如壁虎，一尺來長，當牠叫時，把脖子高高地豎起，儼然歌唱家的姿態，比那些謙遜的鳥兒歌唱家神氣得多。

當我們就寢以後，還可以聽見一種聲音，一會兒遠，一會兒近。遠時，有如紡紗；近時，竟像竊竊私語。

我想，泰國雖也保留若干古風，大多是在「迷你泰國」(Thailand in Miniature，簡稱TIMLAND) 遊樂場裡表演給洋人看的，至少在普通人家裡已不會再用紡車了，準是一種鳥兒正在夜遊，世界這樣美，牠們要多看看，捨不得睡呢。

可是我的丈夫立即斥為「胡說」，因為「鳥兒生活最有規律」，牠們晚上一定睡覺的。

直到我讀了法國鳥類學家雅各・狄拉曼的文章，才把這謎解開，其中有一段這麼寫著：「隨著夜色的增濃，知更鳥一再拋出牠的『達克、達克』的小曲，這使人想起現在已經是秋夜了。最後，一種奇異的騷音——彷彿是一個紡紗的女人在旋轉她的紡車——忽遠忽近地響著，這是夢想之鳥夜鶯(Nightjar)的歌。」

Nightjar 這名字也許與法文有關，是否即是 Nightingale?・無從考證。但被稱為「夢想之鳥」，已夠令人陶醉，可惜歌聲只如紡紗，教我多少有點失望，那些詩人常借牠形容瀟灑嘹亮的歌喉，大約是根據牠的表妹——黃鶯小姐的表現「想當然耳」，以致讓牠徒擁虛名。

據說孔子的學生——也是孔子的女婿——公治長先生能通鳥語，我雖不能，但從牠們「音樂的語言」裡，我對於雅各・狄拉曼氏認為「鳥兒只為追求美而歌唱」的主張完全同意。所以，享名與否，鳥兒們自己才不在乎呢，牠們真正是「為藝術而藝術」，既不求聞達於世人，更不想靠掌聲過日子。而且，行板也好、快板也好、急板也好、即興曲、詠歎調、山中問答、愛的呼喚……牠們唱完就走，也讓別人顯顯本事，真是一團和氣，百家爭鳴，假使人類能向鳥兒學學，世界大約可望太平了吧？

五十九年四月

張震南和她的獨唱會

師大音樂系教授張震南女士要舉行獨唱會了，這是我離臺之前就已決定的。可是來曼谷轉瞬已近半年，一直消息沉沉，經我左一封信、右一封信地催她把練唱的錄音先寄給我聽，這才「千呼萬喚始出來」，聽後我立即寫信給她——

異地聽到你的歌聲，倍感親切，至於淚下——我怕已有一千年不曾流淚了。尤其是當那熟悉的調子出現後，立即把我帶回那些風風雨雨的日子。有幾支歌曲，我們曾為它灌製唱片，一次又一次，無論是與司徒興城教授試和，或去中廣錄音，或去臺視做節目，我們總與風雨結不解緣，並且是在苦寒的冬季。人事的困擾也像腳下的泥濘路，彷彿永遠走不完似的，你是主角，卻從未有一絲猶豫而以全力支持。還有那躲在樓上伏案疾書的無數風雨黃昏，一一奔來眼前，製作的艱辛，友情的芬芳，真是銘心刻骨，終身難忘。啊，震南，放開唱片本身的得失不論，請問榮譽何價？友誼何價？只這場融洽無間的合作，已令我感到富埒王侯了！因此雖然處身於日日豔陽高照的曼谷，處身於人人都說可羨的生活裡，我對那風雨樓上的寂寞黃昏仍然十分懷念，人只有在自己愛好的工作中時，生命才是充實的……

我對震南的獨唱會何以如此關心？這段文字是最簡潔的交代，有甚麼比攜手共同走完一段艱辛旅程的夥伴更可貴呢？

記得當我看上震南的歌聲而請她灌片時，曾有人懷疑我的鑑賞力。可是後來馳譽歐洲樂壇的歌劇花腔女高音孫少茹女士返國時，卻對她老師推崇備至，親自告訴我，她是震南的學生，從師大二年級就開始追隨震南直到畢業。

震南的鮮為人知，實與她的個性有關，譬如她自己就從未向我說起她有孫少茹這麼一位得意的大弟子。在臺北時，我們同住一幢大樓，雖然彼此一直互相知道，但我知道她的程度，除了十年前她曾在東南亞各國巡迴演唱載譽歸來，也只限於她是一位負責的好教師，溫和中透著嚴厲；又是位體貼的好朋友，尊貴中充滿謙遜。同時身兼孝女與賢妻，面面求全，已夠她忙，因此她也和我一樣，儘可能躲開一切活動。無奈歌唱家與作家不同，後者即使足不出戶，只要有作品發表，人們不會說她冒牌；歌唱家如果整年不上一次電視或電臺，甚至幾年不舉行一場獨唱會，人們就要懷疑「她是否還能唱」了。

當然這只是我「事後的先見之明」，對於藝術家與作家的看法，震南與我完全一致——這類人物不可能為常人所完全了解。為了保持一顆自由的心靈，他們必須具有獨來獨往承擔一切的勇氣，因此有時他們是獸，受了傷時，只想自己躲在洞裡把血舐乾淨；有時他們是神，為了需要創造的智慧，他們必須高高地站在雲端；有時是奴隸，為了克服創作上的困難，真是摩頂放踵，生死以之；有時是暴君，他們決定該怎麼做時，就不顧一切地做了，否則無法產生佳作的藉口永遠在等著他；同時，他們也必須是人，否則他們活著幹嗎？

這類人物的「成分」既然如此複雜，那麼留給「做人」的部分就不多了，所以他們大都寧靜淡泊，自甘寂寞，不容易、也不可能「交遊滿天下」，甚至有時非常的不隨和，不近情。所以震南與我的朋友都不太多，但都是很能諒解我們的好朋友。而彼此即使同住一幢大樓，也有時一兩個月不見面，甚至見面時只招手道一聲「嗨，你！」就匆匆交臂而過，誰也不會怪誰失禮。

每週有那麼三四個下午，可以聽見她教唱，我也和那位懷疑我的鑑賞力的先生一樣，從未注意她的聲音，根本充耳不聞。直到〈遺忘〉新曲譜成，無意中請她試唱一下，這才「驚為天人」——樓下這位芳鄰是位很不平凡的歌唱家哪！她詮釋與表達的能力，為近年國內歌唱家中所罕見，這才開始了請她上電臺、電視，以至於灌製唱片等一連串美滿的合作。

由於唱片的暢銷與朋友們的鼓勵，震南終於決定舉行一場獨唱會，伴奏是師大音樂系的林橋教授，假如錄音的次序就是節目單的次序，我想這樣的排列很勻稱，內容尤其豐富。開始是兩首韓德爾的宗教歌曲，接著就是一首美麗輕盈的義大利牧歌〈我美麗的阿瑪莉莉〉，最後幾句旋律美得如遙遠的山谷迴音——震南以其天賦的金屬音色是最擅於表達這種境界的。

然後是一首義大利文古典名曲〈假如你要我死〉〈史卡拉第曲〉、中文藝術歌曲〈遺忘〉、〈秋花秋蝶〉、〈舟中〉（黃友棣曲）、〈思鄉〉、〈春思曲〉（黃自曲），至第十首又是輕快活潑的義大利文歌曲〈吻舞〉，由於後面的曲調一層一層掀起高潮，最後以Cadenza結束，恰是一位歌唱家可以賣弄自己技巧的地方，而震南的表現又是如此完美，我建議以這首〈吻舞〉為上半場壓軸，另外兩首短短的德文歌〈春景〉、〈鱒魚〉恰好作為下半場的開始。

這兩首都是舒伯特作品，〈鱒魚〉尤為膾炙人口。第一段描寫天氣晴朗，小孩來到小河邊，看見小鱒魚在水中自由自在地追逐嬉戲，這時鋼琴伴奏完全象徵魚游的快捷與激起的水花。頃刻手持釣竿的漁人來到，放下釣餌，可是水清見底，精靈的小魚不肯上鉤。

至末段忽然轉調。歌聲低傾，鋼琴也奏出震顫心絃的急促變音，原來漁人不耐久等，心生一計把水攪渾，小小魚兒竟然吞餌被捉，留下岸邊的孩子不勝感歎與惋惜！簡單的情節，樸實的境界，可是加上活潑的曲調與動人的歌唱，卻顯出了一片赤子之忱與盎然天趣。

接著是兩首英文歌曲〈夜曲〉〈仙女與牧羊人〉，而以三首「大堆頭」的歌劇選曲為終場壓軸。一首是〈我的名字叫咪咪〉，選自普西尼的《波希米亞人》；一首是〈親愛的

名字〉，選自韋爾第的《弄臣》；一首是〈啊，我要生存！〉選自古諾的法文歌劇《羅密歐與茱麗葉》。

關於中文藝術歌曲部分，〈遺忘〉〈秋花秋蝶〉〈舟中〉三首，我在《黃友棣藝術歌曲選》中已詮釋得非常詳細，不再浪費篇幅，卻願對黃自先生兩首遺作說幾句感想——〈思鄉〉雖然是三十多年前的作品，今日聽來仍然給人以親切的感受，全曲充滿離人有家歸不得的惆悵，尤其那句「更那堪牆外鵑啼，一聲聲道，不如歸去！」下面鋼琴也奏出肝陽欲裂的鵑啼聲，黃自先生也是最善用變音的。

〈春思曲〉的伴奏，一開始就是鋼琴的雨聲，滴滴答答先響著，引出「瀟瀟夜雨滴階前」的情景。至「寒衾孤枕未成眠，今宵應是梨渦淺」時，忽然把「淺」字放在臨時的降半音上。猶憶昔年在桂林聽馬保之夫人唱此曲時，只覺她唱得真好，可是怎麼好法？卻想不通，現在才感覺出來，女主角顧影自憐之餘不禁「腸迴百轉」，這「淺」字就正妙在降半音時那一「轉」！而且轉得如此愛嬌如此自然，震南唱來又是如此的夠韻味！

到「怕睹陌頭楊柳」及「妒煞無知雙燕」時，鋼琴伴奏活潑而充滿生機，表示外面景物與女主角的心情全不相稱，至「恨不化成杜宇，喚他快整歸鞭」時，左手伴奏用的連續顫音，表示女主角心情的激動，最後一切歸於平靜，再彈出「瀟瀟夜雨滴階前」的琴音，用最弱音結束，如所周知，唱者控制輕聲遠比重音困難，但震南的表現十分穩定而又圓融。

說到歌劇選曲，每次獨唱會的說明書都介紹得過分簡略，只有專家才懂，而專家顯然連介紹也用不著，這次震南的說明書恐怕依然未能免俗，我願在這兒多談一點。

普西尼的歌劇原以旋律優美著稱，〈我的名字叫咪咪〉則是《波希米亞人》裡旋律最美的一段。波希米亞人是指一群玩世不恭浪跡天涯的藝術家，咪咪則是一位以刺繡為生的貧家女，麗質天生，傾倒荊釵裙下的闊公子哥兒大有人在，她卻愛上了巴黎拉丁區頂樓上一位窮畫家魯道夫。

可是咪咪患了很重的肺病，魯道夫覺得自己不能使她幸福，她必須接受富人的供養，在與咪咪過了一段非常羅曼蒂克的波希米亞人生活以後，終於又疼又愛地離開了她。

這首歌是兩人初相遇時，當魯道夫唱完〈啊，你好冷的小手！〉以後，咪咪唱的，歌詞大意是「我的名字叫咪咪，一直平靜地享受創造百合與玫瑰的快樂，因為這些花能給我以慰安，向我低訴愛與青春，夢與幻想。我孤單地住在那小小的白屋裡，極目只能望見藍天一片，可是當白雪融化時，春天的太陽第一個先來吻我，而我卻不能給我繡的花朵以生命及芬芳……」這是一首非常感人的青春抒情名曲。

《弄臣》原名《黎哥勒陀》(Rigoletto)，是韋爾第根據法國大文豪雨果的戲劇《歡樂國王》改編譜成，因為有辱皇室而遭禁演，才把國王改為馬都華公爵。這位公爵瀟灑年輕，風流成性，曾在教堂中遇見一位絕色佳人，一直念念不忘，最後竟喬裝成一位窮學生跟蹤往訪而贏得芳心。

那位女孩名叫吉爾達，問公爵姓名，他說了一個假名「瓜第爾」，還不知道這位絕色佳人竟是他那又醜又駝的弄臣黎哥勒陀的女兒。

黎哥勒陀妻子早死，與吉爾達相依為命，儘管平日無惡不作，對這女兒可是愛護備至，不許任何人去碰她。當他知道公爵居然看上他的女兒並且把她拐去之後，憤怒萬狀，就僱了一名兇手去刺公爵。

可是公爵又早就看上這位兇手的妹妹瑪達蓮娜，他倆的調情鏡頭曾被吉爾達一一看在眼裡，芳心欲碎。這邊黎哥勒陀一面付定金給兇手，一面教吉爾達女扮男裝逃走，癡情的吉爾達依然忍不住溜回來偷看，發現瑪達蓮娜正在阻撓哥哥下手，哥哥拗她不過，便答應等到午夜，若在午夜之前有誰來看公爵，就把那倒霉鬼當作替身殺了，然後用布袋盛好向黎哥勒陀收帳，可憐的吉爾達聽到這話以後，為了要救公爵，竟鼓起勇氣前往敲門而以身殉！

〈親愛的名字〉是吉爾達在與公爵發生戀情以後，還未被拐之前，獨處深閨中時唱的，那時她還不知公爵的身分，以為「瓜第爾」真是位可敬可愛的窮學生，為了愛其人，連帶也愛其名，真是一片似水柔情，發現被騙也仍死而無悔！論劇情、論觀念，早與時代脫節，但韋爾第的作曲才華卻使這首抒情詠歎曲超越了時間與空間而萬古不朽。

〈親愛的名字〉與〈啊，我要生存！〉原屬於花腔女高音，而震南是抒情女高音，前者顯然需要更充沛的體力與更寬宏的音域，當我知道她準備挑起這麼一根大樑時，著實捏把冷汗，這番聽到錄音，終於放了心，而且十分快慰。

《羅密歐與茱麗葉》原為莎翁名劇，曾被拍過無數電影，更名〈鑄情〉，此處不再贅述內容。〈啊，我要生存！〉是茱麗葉服下安眠藥後，期待羅密歐歸來時所唱，她並非自殺，只是逃避父母之命的婚禮而假死。她說她像冬眠的花草，只要春天一到，萬物甦醒，她便可以醒來與愛人永遠廝守。曲調中充滿了對生命的喜悅與愛之憧憬，有許多音階式的輕快進行，也有非常柔美的抒情樂句，最後以一組一組的音階進行至高潮又忽然落下（高音直到High D，低音直至中央C的三度音E上面），再接上三句令人心靈震顫的 Trill 至High C，延長後，再落在F音上終結，真是盪氣迴腸，繞樑三日！

這首一般演唱者不敢輕易去碰的歌劇選曲，震南唱來竟是如此勝任愉快，可見只要有信心，肯努力，歲月也阻止不了一個人的成功。何況技巧只需勤練，至於詮釋與表達的慧心，卻需要人生的歷練才談得上內涵的深度啊！

若干年前，我喜歡玩錄音機，曾把哥哥嫂嫂請來家中錄音，然後把錄音帶寄給美國的姪兒們；不久又收到他們寄來的錄音帶，我又放給哥哥嫂嫂聽。真奇怪，已分別好幾年了，其間信件往返何止一兩百封，可是他倆一聽錄音就淚如雨下，聲音給人的感受，與文字不同有如此者。而今天，這卷「美麗的錄音帶」卻真賺了我不少眼淚，彷彿我又回到了自己熟悉的環境中。人總是這樣的，不管她在異國的生活是如何安定，她永遠懷念她曾住過很久很久的地方，特別是她所愛的朋友們，這篇小文就代替我在震南獨唱會上的鼓掌吧。

五十八年十一月

曼谷的冬天

那天早晨，風吹到身上涼瑟瑟地，管理泳池的工友穿著厚毛衣，本來皮膚就黑，這時更是「凍」得嘴唇發紫，一面舉著繫在長竿上的小網替我撈去水面的蝴蝶翅膀，一面向我道歉：「昨天已經很冷，我以為馬丹一定不會下水了，所以沒有先起來打開濾水機，請原諒。」他雖然說的泰語，稱呼我卻用法語 Madam，我回答：「沒關係，不過，若在臺灣，這是最舒服的天氣，冬天還早呢。」

「啊，這就是曼谷的冬天了。」那老人說。難怪蘭棚下的蘭花都少了。

梅白爾本來每晨和我一同游泳，寒流到來的第一天，她就和我說再會：「不過，不會很久，頂多三四天，又會再熱起來，我會再來的。」不料這一停，竟已三個多星期過去了。她說：「曼谷的冬天從未這樣冷，也沒冷過這麼久，今年真是有點兒反常。」她一面為自己增加的體重憂愁，一面問我臺灣是否也如此？

臺灣來信沒有談天氣的，可見臺灣人確比曼谷人忙得多。根據往年經驗，臺灣也是一年比一年冷，同時也一年比一年熱，假如沒有後者的對比，我會以為史前的冰河時期將要再度來臨了。想不出別的原因，便只有把這現象歸咎於人類自作孽的核爆。

還只是去年二月初，我曾來泰國渡假，到清邁去玩。那兒離曼谷八百公里，已近中國大陸的雲南，所以連氣候都是雲南的，應比熱帶的曼谷冷得多，但也只像曼谷近日這樣冷法。車過處，惟見綠野碧油油地，木棉花樹像火焰似地，開得既美且豔，一點也看不出是冬天。

梅白爾說：「二月本來不是泰國的冬天，你想，四月已是泰國的夏天了，二月怎麼還是冬天呢？」

原來泰國人有他們自己的曆法，他們用釋迦牟尼佛祖誕生紀年，今年是佛曆二五一二年，比耶穌紀元還早五百四十三年，儼然是文明古國的樣子——從素可泰王朝算起，他們開國實際只有七百一十二年。——紀日月卻與我們的農曆非常近似，日子前後只差一日，月份則趕前兩月，譬如今年十一月廿三日，是我們農曆十月十四日，卻是泰曆的十二月十五日，想想看，若是農曆的十二月十五日在臺灣，臘八粥已吃過，年關都近了！

泰曆十二月十五日是泰國一年中幾個大節日之一，名叫「撈一個通」。「撈一」是泰語「漂」，「個通」是泰語的「蓮花」，顧名思義，便知他們準備幹些甚麼。

在這節日到來的前幾天，曼谷凡是有外國學生的學校裡都會出現畫得很漂亮的海報，他們用英文拼出「撈一個通」的發音 LOY KRATHONG FESTIVAL（萬國音標與韋氏音標都唸不像的，原來泰國人有他們自己另一套英文拼法，K用的G音，T用的D音，只有和H放在一起時才讀原音。R在一般談話中很少發音，只有貴族社會才用到它）。

英文標題下畫一朵大蓮花，花心裡燃一支蠟燭，燭旁坐著一位美女，然後開始了英文的介紹：「泰國的黃金佳節來了，請勿失去這異國情調的如夢如詩的良夜。想想看，皓月當空，照著無數盞燃亮的荷燈順流而去，是何情景？情人們！莫負今宵，莫負今宵……」

這節目由朱拉隆功大學與法政大學主辦，除了湄南河上放荷燈，還有餐舞會，民間放荷燈的活動則到處皆是，池塘、小溪，都可以放荷燈。動物園裡還有花燈比賽，龍船、寶塔，甚麼形狀都有，但萬變不離其宗，底下一定托著蓮瓣，材料已不限於彩紙而代之以塑膠和金銀箔了。東方大旅社那傍著湄南河的夜花園，早半月就被訂座一空，是夜打扮得花團錦簇，彩色汽球成群地浮在半天裡與樹端彩燈爭輝，欄杆外的湄南河上更浮著一朵高達二丈的龐然巨蓮，裡面的電炬加起來總有萬支燭光，真像進了大人國似的。

華僑稱此日為「水燈節」，可是目的和我們七月半放荷燈以超渡亡魂的意義完全不同。原來泰國一直是個風調雨順的國家，感謝老天爺幫忙，當他們的稻子需要水時，經常有陣雨嘩啦嘩啦從天上潑將下來，湄南河水於是灌入河汊與稻田內。如今稻子要收割了，不要水了，便選定一個月圓之夜來祭水神，祈求河水快快退去。

所以這節日充滿歡樂氣氛，稻穗已秀，只待豐收；熱天過了，雨季也過了，情人們正好趁此見面，相約夜遊，曠男怨女也往往就在這佳節中邂逅而成佳侶，他們放幾盞荷燈，只是為了祈福，所以又稱之為「情人節」。

這時的曼谷已經夜寒襲人，晚上睡覺必須蓋厚毯了，所以當我們趁汽艇夜遊湄南河去看燈時，都帶著風衣，惹得一位英國朋友納德勒先生問道：「今夜湄南河上下雪嗎？」

「情人節」一過，賽美又來了，這在臺灣並非新鮮事兒，所不同的，只是這邊的場面更偉大，更豪華，佈置更藝術化；真是美女如雲，戴鋼盔的警察，戴呢帽的童軍，大批出動維持秩序，一個個為這些美女們忙得熱鍋螞蟻似的。由於賽美要一再地換衣服，更衣間歇時還提供各種舞蹈節目，觀眾們也年年樂此不疲。但最壯觀還是「泰國小姐」產生的那一瞬間——全場屏息，鴉雀無聲，貫穿全場的馬蹄形伸展臺上電炬通明，可是空落落地，因此顯得更長，長得簡直望不見拐彎的圓弧。原來場址是在王家田裡一片廣場上，只有這麼大的空地，才能容得下這麼多的觀眾。從初賽到複賽決賽要分三天舉行，也不必擔心刮風下雨，放心，這個時候在曼谷若會下雨，那機會就像冰河時期再度降臨地球一般稀罕。

就這麼靜悄悄地，只聽見噴泉颯颯的水聲，一座很大很美的噴泉，正在舞臺當中，水簾後面若隱若顯，映出一座路易十四時代的白底鏤金高背紅絨后座，且看誰有資格輕移蓮步昇上座去。水簾之下並排站著五位最後晉入決賽的美女，這幅景象是用一排高達數丈的藍色圍屏襯托著。那圍屏不知用甚麼材料做的，藍得發亮、發紫，灑滿了點點閃爍繁星，四周繞滿了銀色的卷雲鑲邊，瑰麗宏偉，氣象萬千。自從太空人上了月球，回首塵寰，應知踏破鐵鞋，迷人的廣寒宮實在人間。

司儀終於開始宣佈了，不慌不忙地，從第五位倒數上去，到第一名「泰國小姐」報了出來後，砰然鎗響，鐘鼓齊作，歡聲雷動裡，只見那藍色圍屏後面，成千累萬的彩色汽球冉冉上昇淩空飛去，這時已是午夜過後，第二天的早晨零時三十分了。

賽美過了沒幾天，泰王蒲美蓬陛下的華誕又到了，全曼谷市連結燈綵三夜。

曼谷市內本來到處都是又高又密的大樹，成串的彩色燈泡像珠鏈似地倒掛下來，而且掛得密密地，彷彿用彩燈串成的柳樹，就這樣一株紅的、一株綠的、一株紅的……間隔地排過去，也有時是清一色的「紫紅色柳樹街」。有好幾條街，當我一腳踩下去總怕踏不到底，因為這一帶行人比較稀少，靜靜地燈彩下令人發生夢樣的幻覺。

然後塔尖、廟頂、欄杆、圍牆、窗框、門框，統統用彩色燈泡織出輪廓來。尤其圍牆，大多只下半截，花花草草從上半截的鐵柵裡伸出來，映著牆上珠串似的燈彩，真是錦上添花。

那牆上的燈彩是圖案式的，以對稱、連鎖的方式模倣泰國特產的花環形狀（底下墜著花球），綿延達一二公里。最熱鬧是國防部門前，有制服畢挺的海軍樂隊演奏古典西洋名曲，老百姓們席地而坐，靜靜地欣賞。旁邊幾尊大砲的脖子上也用燈彩「繡花」、「滾邊」，湄南河上的軍艦也用燈彩「繡」出它們的倩影，打扮得全身披掛。立憲廣場上的紀念碑也光華四射，圓屋頂的國會大廈更成了一幅白熱的，用珠子繡出來的「點彩派作品」。

至於其他各機關與商家的燈彩，也像設計比賽似的，一處勝過一處，看不完的珠簾翠箔，火樹銀花，天街如畫裡，熙來攘往盡是裝束入時的看燈人潮，泰國的子民真是幸福！記得我少女時每當面對燦爛的夕照時，往往發生奇想——那晚霞後面該是個甚麼世界啊？

現在我知道了，因我已見過了，也不能更美更燦爛了。

接著而來的，還有本月二十八日朱拉隆功大學與法政大學的足球賽，據說球賽本身固然瘋魔了無數觀眾，那些樂隊表演才更令人叫絕，兩校出動全部人力物力以赴，樂隊有好幾十組之多，制服都不相同，指揮們也各有各的絕招，真是極聲色之娛。門票和賽美一樣，最貴的每張百銖（合臺幣二百元）上午十一時就要入場，下午六時半才得出場，廁所並非沒有，可是好容易才能擠出來，而擠出來以後卻未必還有勇氣擠進去，因此朋友們諄諄告誡，那天從早晨開始就要禁食流質。一聽這話，我想這篇小文也不必等到二十八日以後再動筆，聽聽已經夠了。

這就是曼谷的冬天，早晚涼瑟瑟地，蘭棚下的蘭花少了，鞦韆架下的草坪出現了「斑斑白髮」，鳥兒的合唱陣容已不如以前盛大，公主的住宅本來隱在密密的樹林之外，如今站在陽臺上也能望見她的屋頂了。

但我仍能在六點半鐘的清晨游泳，池畔的九重葛依然開滿枝頭，紅白相間，十分耀眼；還有「耐寒」的紫石斛、象耳花、拖鞋花，鵝黃淡紫，著意渲染；再加上從冬天一開始就接二連三的種種盛事，曼谷人自有辦法把冬天點綴得比夏天還熱鬧，而我一點也用不著費心。「夢裡不知身是客，蓬萊宮中日月長。」李後主的詞，白居易的詩，加起來正是我此時心境，從樂天知足的泰國人的悠閑生活裡，一點也不覺得「流年暗中偷換」，這是個令人忘記時間，也忘記年齡的地方。

從我開始解事的童年，就畏冬季如猛虎，年年看見第一片落葉就膽戰心驚，我怕那長長地被扼殺了生機的黑暗與蕭索，彷彿盛筵驟然散去，故舊忽已凋零……那景象令人氣沮，我不喜歡，我要永遠生活在春天裡，只有春天可以使我永遠向前、上進。

如今談起冬天竟如夏蟲語冰，曼谷的冬天實在是我感覺上的春天。所以，即使「思『冬』令人老」，我也不必害怕，因為四月的夏天都快來了，事實上春天已在眼前，我發現，棚下那幾百缽大朵大朵的各種顏色的美齡蘭已又含苞了呢。

五十八年十二月

泰王盃足球賽

曼谷的氣候，據說只是每年四五月裡熱得邪門兒，早晨八點坐在冷氣間裡也還出汗。其餘的日子，只在太陽直射的時間很熱，早晚總是涼風習習，爽適有如大陸江南的初秋。到十一月中旬以後，直至第二年的二月中旬，早晚有時還要穿厚毛衣，這時新稻已經登場，明年的莊稼還未下種，氣候又格外舒服，天生懂得享樂的泰國人就展開了一連串的活動——如說「天生」懂得享樂，實也未必盡然，不如說，只因泰國是個已有兩百年不曾受到重大戰禍的幸福國家。

先是十一月十五日的「獵象節」，因為象在泰國歷史上佔了相當重要的地位，至今還是山區林場裡的好幫手，許多人願意乘將近十小時的火車到樹林 (Surin) 去看兩百匹大象「穿上傳統服裝」表演的偉大場面。接著是泰曆十二月十五日的「水燈節」，湄南河與所有的河汊上都漂著粉紅色的荷燈，為情人們祝福。然後賽美又來了，萬人空巷，爭睹群芳。接著泰王蒲美蓬陛下的華誕又來了，全市結燈彩，勝過上元夜。到十二月廿八日朱拉隆功大學與法政大學爭奪泰王盃的足球賽，更是每年年終活動的最高潮。

泰國雖然地大物博，人口相當於臺灣三倍有餘，卻只有七所大學，除了前面提到的兩所外，還有農業大學、師範大學、醫科大學、藝術大學，以及北部的清邁大學等，而以朱拉隆功大學及法政大學的風頭最健，泰國政要多出身於此，如今他們的兒女也多就讀於此。尤其朱拉隆功原是泰國國父拉瑪五世的名字，顧名思義，可見它的地位和創校歷史都與眾不同，除文理學院外，還包括工學院、醫學院、商學院、及藝術學院，論規模，論人數，法政大學都不能與之匹敵，可是奇怪，據說球賽總是法政大學贏的時候多。

但這場球賽之所以如此吸引人，還不在球賽的本身，而是球賽開始以前雙方的盛大化裝遊行，以及雙方啦啦隊在看臺上的拼圖表演。球賽下午四時才開始，遊行一時已開始了，報紙早兩三天就預為報導，雙方如何摩拳擦掌，由於校隊中都擁有若干名國腳，所以奪冕衛冕均具信心，報導內容在籌備花絮以外，還包括雙方遊行隊伍的進場時間。當日上午十一時就由軍警出動管制交通秩序，國家運動場附近所有車輛都要繞道行駛，觀眾也同時陸續入場。

國家運動場有四萬座位，左面一片約三千座位，全部是黃衣紅條的法大啦啦隊；右面遙遙相望一片同樣大小範圍，全部是粉紅色運動服的朱大啦啦隊。此外朱大擁有十四五隊鼓樂隊及一隊傳統國樂隊，法大也有六七隊鼓樂隊，另外還有雙方的團體操各若干隊，化裝遊行隊不計其數，再加上夾在普通觀眾看臺裡的同學，以及領票員、糾察員、事務員等，兩校幾乎「傾巢而出」。

至於經費，全靠門票收入，且年有盈餘移交下屆再辦。活動中的各種服裝——包括領票員與糾察員的制服，悉由學生自備，但須統籌辦理。幸虧進得起這兩所學校的學生，其家長若非政要、富商，也多中產以上階級的家庭。最近有人提出反對的意見，說賽球就賽球，不必搞這些玩藝兒，實在太糜費了；可是看完以後，我倒認為這是一種對青年有益的課外活動，第一、可以訓練他們組織的能力，即以啦啦隊的拼圖表演來說，必須服從嚴密的指導並且絕對遵守紀律。第二、可以發揮他們創造的天才，因為活動年年都有，必須花樣翻新，才能出奇制勝，而這些聰明的大孩子就能想出許多絕招來引人發笑，聽說僅僅拼圖表演就一年比一年精彩。第三、別小看只是幾小時的表演，他們要用半年以上的時間去籌備、設計、訓練。一經加入這些活動，太保太妹也沒時間去為社會製造問題了。第四、朱大與法大的學生雖在球場上廝打得齜牙咧嘴，雙方的啦啦隊更以拼圖表演互相謾罵諷刺，但在球場外面實在是和和氣氣地一家人，這也正是「運動精神」可貴的一面。當我們赴國家體育場途中，就遇見大卡車一車一車地滿載學生往同一方向前進，車上有朱大的，也有法大的，根本不分彼此。

但因大卡車必須停在幾條馬路之外，所以當朱大的旗隊進入國家體育場時，比預定時間遲了一刻鐘。後面跟上來的樂隊個個都很優秀出色，每一隊前面都有六位女指揮，一位正的，五位副的，作寶塔形排列前進。指揮的服裝每一隊都不同，樂隊服裝也每隊各異，但有一事無甚分別——這些女指揮個個美麗，都有資格參加賽美大會；樂隊服裝也匠心獨運，無論式樣、色彩，都配合得恰到好處。

這些樂隊甚麼漂亮顏色都用上了，金色、銀色、紅色、白色、天藍、淡綠、粉紫、米色、黃色、橘色……朱大樂隊的指揮服裝，金銀色用得非常奢侈，就像用金銀箔裁製的一般光亮，曼谷冬天的太陽也仍炙手可熱，穿著這種衣服繞場一周時，遠遠看去就像六顆仙女星似的。法大最出色的一隊，六位女指揮都穿著寶藍絲絨上裝與大紅羽紗短裙。

配合服裝顏色，腳蹬金靴或銀靴，正指揮頭上還戴著金冠或銀冠，大家踏著鼓點前進；左手叉腰，右手不斷地耍指揮棒。尤其為首的正指揮，走不幾步就把那支和她自己身高差不多的漂亮的指揮棒忽然往天上一丟，連翻幾個觔斗跌將下來再一把接住，引得全場的熱烈喝彩，別說指揮本人，連隊員也一個個精神抖擻，與有榮焉，吹打的也更起勁兒。看臺上不乏學生的家長，看見自己兒女走過面前時，那份得意，簡直有「不虛此生」之概！

法大的「護法」儀隊做了一朵金色的龐然巨蓮，蓮花下面有車輪，蓮花瓣的周圍伸出光芒四射的彩帶，由幾十位打扮得洋囡囡似的女同學曳著彩帶前進，從看臺下望，整個隊形以蓮花為中心，彩帶為花瓣，恰似一朵大矢車菊。蓮花上面端坐著一位女同學，穿著白衣藍裙的尋常校服，不施脂粉，麗質天生，雙手扶住莊嚴的法輪微笑，這位小姐從正面與側面看去，都是「上帝的傑作」。

但朱大的花樣很多，護送泰王獎杯的榮譽隊，美女香車打扮得像天鵝公主似的，陣容固然也不輸給法大的護法儀隊，還有好幾場精彩的團體大會操，其中給我印象最深的一場是由百餘學生組成的鳳舟——泰王巡遊湄南河時御用的鳳舟。

這些同學入場時，分別穿著金色與紅色的服裝，有人持槳，有人舉華蓋，整齊地列隊前進。到達廣場正中後，只見他們以敏捷的動作，瞬間就變成了鳳舟似的隊形，並以疊羅漢的方法做成了高昂的船頭與翹起來的船尾，還有當中的艙頂，七面五層寶塔一般的華蓋也同時升了起來，其從容不迫的程度，恰似我們拉開一頂袖珍陽傘。鳳喙似的船頭上面，為首的一位同學把頭低下，嘴裡居然還咬住一串長長的繡球在迎風招展，兩舷的同學更按著樂隊的節拍，一面唱著傳統的船歌，一面划動百餘支短槳，逼真極了，也壯觀極了，觀眾們熱烈的掌聲為之久久不息。

還有模倣游牧民族的化裝遊行，全部隊員頭上都覆著長到肩頭的假髮——天知道他們從那兒弄來這麼些清湯掛麵似的白色假髮，也許竟是馬尾。大家穿著白色長袍，繫著腰帶，騎了假駱駝，推著垃圾車，搖搖晃晃跑進場來。那假駱駝用紙糊的，由五個人站在駱駝肚子裡抬著走，駱駝背上掛著五對假腿，皮鞋襪子穿得好好地，可是軟綿綿地，望之發噱；垃圾車裡則放著兩大袋麵粉和其他糧秣。領頭兒的幾個女子邊跑邊撒糖果給席地而坐的場邊觀眾，一個個長得唇紅齒白，眉清目秀，一面做出自我陶醉的樣子，一面不住地向看臺上飛媚眼兒，真是風情萬種。可是，仔細一看，我的天，長袍下面穿著西裝褲和大籃球鞋，原來是男生！

這時，忽聽見樂隊奏起了我國作曲家黃友棣先生的〈阿里山之歌〉，法大的另一批化裝遊行隊伍又接踵而至，全部苗人打扮——泰國東北部有許多來自中國大陸雲南省的苗人，和臺灣的高山族一樣，成了當地文化特色之一。——她們每人手持兩塊竹板，一面走，一面拍，一面舞，還用國語唱起了「高山青，澗水藍……」，連鄧禹平先生作的詞兒都沒改啊！回想來到泰國忽已半年，由於泰國人的和藹可親，我一點也沒有遠適異國的感覺，可是一聽見祖國的歌聲，仍然令我萬分感動，尤其是出自當地青年之口，使我喜極而淚。

還有拼圖表演，法大的啦啦隊能夠拼出來「恭賀新禧」，朱大的啦啦隊也立即拼出「新年發財」，整整齊齊地，都是美麗的藝術中國字，可見這兩所著名最高學府裡有多少華僑子弟，他們這樣愛好祖國文化，以能寫中國字引為榮耀，實在值得我們欣慰。

拼圖表演是利用繡十字布的原理，看臺上面三千啦啦隊排成扁扁的長方形，每人手上有二十多種顏色的正方形紙板，大小和座位一樣，學生把紙板舉起來時，整個遮沒胸部，只露頭部，有時連頭部也被遮住。

這些座位必須計算準確，先在紙上設計好種種複雜的圖樣，雙方的圖樣據說都曾高度保密，以免被對方學了去。內容有泰國各地的風景，如海港、城市、鄉村等，以及花鳥、動物、虫魚、抽象畫、圖案，甚至泰王與王后的肖像，有時還加上王子與三位公主、整個王室的合家歡，以及泰文與英文的標語，包括雙方互相對罵的，球賽正緊張時為自己校隊打氣加油的，向泰王歌功頌德的。從化裝遊行開始後不久，就配合各種情況，每隔若干分鐘更換一次，到終場時要換百來個之多，往往既要看遊行，又要看拼圖；顧得了看臺，又放過了好球，真恨不得多長一雙眼睛幫忙，極賞心悅目之樂事。

泰國人本來很富於藝術天才，不但建築的風格清雅秀麗，卓然不群，畫廊裡的作品尤多才氣橫溢的表現，這種拼圖表演也不例外。朱大藝術學院，按理這方面應比法大棋高一著，事實也的確如此；不過法大的表現也頗不弱，倘無「外援」，真了不起！

難得是這些畫面不但色彩鮮豔可愛，泰王與王后王子公主們的肖像也維妙維肖。本來彩色畫像拍成黑白照片以後尚且難免走樣，可是翌日從報紙上再看，居然更清楚，更傳神，連泰王的眼鏡也輪廓分明，法大拼的王后像尤其容光煥發，笑得非常之甜。須知拼人像實在是難上加難，只看我們平時鼻子上長個小疱都彷彿「全盤皆錯」，躲在家裡不想見人，便知這時的啦啦隊一個也不能缺席，動作也一點差池不得。

我猜想這些顏色紙板固然需要編號，整個圖面也要編號，而且每人必須攜帶紀錄，一聽到第幾號圖的命令，立即查出自己該用第幾號顏色。事實上我們都未聽見發號施令，每當更換圖面時都是默默地，自左而右，紋絲不亂，好像有一隻無形的巨手把他們輕輕地「翻」過去一般。甚至於當互相謾罵諷刺時，一問一答，反應也很迅速。句子可能是事先想好編好的，但運用時卻要臨機應變。朱大輸了一球以後，法大啦啦隊的拼圖還抬出一條豬來，脖子上套著繩子，「朱拉」變成「拉豬」。其實泰國話豬的發音是「模」，並不是「朱」，可見又是「我們國語」。對方頃刻之間也報以一隻滑稽的大猢猻，法大與猢猻有何淵源？則迄未想通。

和這種靜悄悄地拼圖表演處於極端相反狀態的，便是唱歌和幾乎撕裂聲帶的狂呼，所以做一名啦啦隊員也不簡單，真是手腦口腳並用，並非你我想做就做得了的。唱也好，喊也好，臺下都有指揮，法大五名，一律金色上裝，黑長褲；朱大竟有十八名，一律綠呢制服，另外還有七名女指揮，穿的粉紅衣裙，大家輪流上陣。若不輪流，那受得了？當啦啦隊狂呼時，身體一致前傾，就像無數爿人牆倒了下來，這時戴著白手套的指揮站在地面，仰著頭往這些活動人牆左右開弓手揮目送還不夠，再加上頓腳搥胸連蹦帶跳滿身抓撓，恨不得把那些啦啦隊員的肚腸都給拉出來似的，使得觀眾們不緊張也不由得跟著緊張起來，於是球員們也就格外的賣命。

真佩服這些啦啦隊——我看他們實比任何角色辛苦——幾個鐘頭喊下來以後，還有嗓門兒唱歌。雙方都唱了好幾首泰王的作品，因為蒲美蓬陛下原是一位業餘的音樂家，能作曲也能演奏，聽見這些大孩子們演唱自己的作品，神情至為愉快，王后也面帶嫻雅的笑容，風華絕代。

至於球賽，說來慚愧，我從小就為宿疾所困，一向不上體育課，這還是有生以來第一次看球賽，只見雙方球員追著那個球一會兒東，一會兒西，連跌帶爬，跑得十分狼狽，由於雙方實力不相上下，守球門的也都很棒，誰也不易進球，卻有多次人被踢傷，提藥箱的醫護人員相當忙碌，戰況激烈。據說去年法大慘敗於朱大，今年法大誓師雪恥，總算如願以償，但終場時，朱大啦啦隊立即拼出英文 TILL WE MEET AGAIN！（咱們下回較量！）

這時樂聲悠揚，全場起立，注視蒲美蓬陛下在攝影記者的鎂光閃閃中頒獎，等出場時已六點半，盛事至此已是尾聲，當汽車駛過繁華的大廣場，龐然巨蓮似的大噴泉正把無數彩色的寶石灑向曼谷天空，形成一片燦爛的光霧，佛曆二五一三年的好日子又悄悄地快降臨了，讓我祝福這片幸運的國土，幸運的泰王之子民！

五十九年一月

參觀朱大畢業典禮

由於人才的缺乏，直到目前為止，泰國只有私人辦的學院，還沒有私立大學。所有大學都是國立的，而且這些大學和學院不歸教育部管轄，另有國家教育院主理其事。

泰國實施聯考制度也已多年，大部分學生的第一志願是朱拉隆功大學，第二是法政大學或北部的清邁大學，其他還有醫科大學、藝術大學、師範大學、農業大學，及曼谷技術學院、商學院等，總共十餘所。

以人口達三千餘萬的泰國，十餘所大學院校顯然不敷，雖然還有若干專科學校，出國留學的仍然不少。泰國青年出國留學相當自由，曾有一個時期，許多人居然是去美國唸語文學校，他們因為考不上自己的大學才出國，直到最近才聽說也要經過甄試方准出國了。

所以，除非是到外國去唸研究院，泰國青年都以能夠考進國內的大學為榮，若能考進朱拉隆功大學，那更了不起！泰國大學的地位本已非常高超，朱大則是高超中的高超。

朱拉隆功大學創校於拉瑪五世時代（一八五三—一九一〇），拉瑪五世是現今拉瑪九世蒲美蓬陛下的祖父朱拉隆功，十五歲登大寶，二十歲親政，在位四十二年，對泰國貢獻至鉅，被尊為泰國的國父。在他的事業中影響最深遠的是創辦了許多學校，如陸軍官校、海軍官校、法律學院、醫科學校並附設醫院等。後來法律學院與醫科學校及醫院合併再加擴充，增加了許多學院科系，就是今日的朱拉隆功大學，而以朱拉隆功醫院為醫科學生的實習醫院，朱大醫科和醫院是泰國的醫學權威，這情形很像我們的臺灣大學。

朱拉隆功大學位於曼谷市中心區，左面是拉瑪一路，右面是拉瑪四路，都是拉瑪五世當年倣效巴黎的香榭麗舍大道建成，嘉木參天。後面是皇家體育俱樂部，有很大的跑馬場，一片碧綠。前臨披耶泰路，校園寬闊，小溪環繞，花葉掩映中，可以望見綠頂黃牆，都是泰國宮殿式的高樓，華麗淡雅，兼而有之。

前幾天，一位敝宗親小姐鍾雪琴來邀「阿姑」去參觀她的畢業典禮，乃得機緣進入門牆。她剛獲得朱大文學碩士的學位，朱大的文學系與我們的有些不同，其本國文學為必修科，由學生自己另選一門外文，平均分數達到相當水準才能畢業。取巧的學生大都選英文，雪琴卻選了法文，而泰文的古典文學要習梵文，所以唸得相當費力。她立志要在朱大教書，於是畢業後再讀研究院，終以最優成績如願以償，被母校留任講師。在接聘書之前，還有管區內的警員先到她家仔細調查，證實她的確行為端正，堪為人師，亦無任何不妥，提出證明才能簽發。警員見是這麼年輕漂亮的朱大教授，大為驚奇，他說他見過的朱大教授都已白髮皤皤了。

記得四年前我曾參加我的男孩余占正在臺大的畢業典禮，只見滿校園都是穿著黑袍的學士們，許多家長舉著相機為孩子們拍照，情況至為熱烈。那年臺大畢業生有兩千多人，今年朱大畢業生連同碩士們也有兩千多人，因為禮堂座位不敷，所以分兩天舉行，親自頒授學位的泰王陛下也要駕臨兩次。

看朱大的畢業場面之熱烈，比臺大有過之無不及。短褂長褲的唐裝老太太統統出來了，她們平日只怕別人瞧不起自己，這天那份神氣就像寫在臉上：「嚇，我兒子是朱大畢業生哪！」站在那些珠光寶氣的貴婦面前，她們一點也不寒酸，可見這兒雖是個重商的社會，讀書人仍是受尊重的。

朱大的學士服與碩士服，也特別與眾不同，一律用白色珠羅紗製成直腰長大衣的形式。領口、對襟、下襬、袖口、肘彎，都鑲上五寸寬的黑色繡金花邊，在這花邊中央橫亙一條有顏色的槓，每系不同，譬如棗紅代表機械工程，寶藍代表新聞系，綠色代表畜牧獸醫，咖啡色代表建築系等，細槓是學士，粗槓是碩士。學士們一律制服，男生是白色的海軍軍官制服，女生是白衣藍裙。碩士們的衣著比較隨便，但並無奇裝異服，也沒有蓄長髮的男生。

像這種學士與碩士裝的設計雖然是為了適應熱帶氣候，但也非常美麗莊嚴，且給人以清新之感，與新娘用的披紗有異曲同工之妙。而肘彎上那兩條寬邊，初看有些多餘，再看更增威儀。

朱大禮堂較臺大禮堂略小，但很精緻華麗——泰國一切傳統建築都具有這種特色。泰王陛下兩點半才駕到，可是樓座上十二時半已坐滿了家長。朱大食堂是學生福利的一部分，由泰國政府民助廳協辦，平日供應伙食每餐一銖半起，換句話說，最便宜的飯每客臺幣三元，這天家長們光顧也一視同仁，大家拍了一上午的照片，早早地就先把五臟廟伺候好，然後憑券進入禮堂。

這時臺上已擺好了專供泰王與王后用的寶座，左側有金色的佛龕——泰國人的生活中，和尚是無所不在的，商店開張、工廠開工、結婚、壽誕、喜事、喪事，甚至輪船下水，都少不了他們；如今大學畢業，也少不了他們。才兩點鐘，他們便已披著黃袍魚貫而入，一共九位，每人手持鐵扇公主用的那種既厚又長的大扇，盤腿端坐佛龕一側。只是這天沒唸經，代替的是傳音喇叭播出來的朱拉隆功大學校歌，安詳之中頗有輕快活潑的韻味。

有些學生說進了朱大就不想畢業，可見他們是如何愛他們的學校。每年秋天，泰王還有一次和朱大學生同樂的聯歡會，同學們早早地就到禮堂來佔據最好的座位。泰王陛下是業餘的作曲家，擅奏管樂器，在這種場合裡，他往往會拿起豎笛來與同學們合奏一曲，樂得大家如癡如狂。但在平日，我們很少看見泰王有笑容，倒有一次我曾見過一張泰王笑得非常動人的照片，那是他握著一位貧苦老婦的手殷殷存問的鏡頭。想必是那老婦的耳朵有些重聽，泰王與老婦的臉湊得很近，充滿親切。老婦已經沒牙，笑得尤其甜蜜。

正兩點半，果然透過樓窗望見插了黃旗的皇車駛進朱大校園，後面照例也跟了一大串轎車，朱大校長教授學生都列隊恭迎，一位執事舉著五層高的皇傘護駕進入禮堂。泰王陛下與校長教授們都披著博士袍，式樣與學士碩士裝相同，只是質料用的是白綢，而襟袖上的紅底繡金花邊裡一定還有文章。這時學生們也已入場，於是全場起立注視泰王在佛龕前上香，默禱，然後示意眾人就坐，這天王后未到，由烏汶樂公主伴隨父王坐在後側。

泰王先致訓詞，隨即開始頒發文憑，先碩士，後學士。因為人數太多，為節省時間，六個六個地上臺，一面有人報名、攝影，其動作如符節拍，據說預演了整整兩天。男生行鞠躬禮，女生行宮廷禮，由於配合其餘五人的上臺下臺，每人要行禮六次之多，每當他們倒退著離開時，真擔心有人一腳踏空摔下臺來，雖然那臺不高，而且臺上臺下都鋪著厚厚的紅絨地氈。

朱大學生也是女多於男（只有工學院是男生的天下），學校貴族化，收費平民化，其學雜費用全年不過一千二百銖（合臺幣二千四百元），該校畢業生享有在母校禮堂結婚的特權（除朱大畢業生外，任何人不能借用）。就整個禮堂來說，氣象還比那些觀光飯店更為輝煌壯觀，而意義自又不同。泰國人的婚禮本來就很莊嚴肅穆，因受印度古代婆羅門教的影響要行灑水禮（但不是狂歡的潑水節那種灑法，而是讓一對新人把手放在鮮花編成的花枕上面，由親友們用螺殼盛水滴在他們手上）。能在朱大禮堂結婚真是錦上添花，禮成以後，可到合作大樓宴客。合作大樓是學生們自己辦的合作社，下層是小型的百貨公司，上層是餐廳，周圍設喜筵，當中有舞池，可容六七百對來賓翩翩起舞。建築結構如十二瓣蓮花，每片花瓣上開滿了一格一格的玻璃窗，花瓣裡面就是宴客所在，想像之美，令人心折，甚麼傳統與現代，在這兒早已失去爭論的價值，因為事實上它們已合而為一了，想必也是朱大建築系自己的傑作。

宗教與傳統的色彩，把泰國渲染得另有一番動人之處，連畢業典禮也顯得格外隆重，譬如女學生行的那種宮廷禮，一腿後退斜過一邊，作交叉狀然後一蹲，同時俯首合十，大部分人都能行得姿態輕盈美妙。這種禮也適用於對待長輩，六年前我來曼谷時，就曾見泰國少女在路邊人行道上向長輩告別時很自然地行這種禮，這次再來已很少見了，非常可惜。不過，一般人仍以合十為禮，只須舉手之勞，就表達了敬意，也顯示了與人為善的傾向，比點頭鄭重，比握手方便，我一直很欣賞這樣的禮節，覺得這樣才真像個文明古國出身的東方人。

此外，我更欣賞泰王致訓詞之前默禱的那份虔敬，以及頒發文憑時的那份鄭重，文憑有硬面保護，一本一本地要發一千多本。即使大學生多得已如「機器出品」，對個人來說，畢業仍是一生之中的大事，在這種時候能不講求效率，似更提高了「人」的價值呢。

五十九年七月

女人與長髮

去年冬天有一位泰國朋友結婚，我曾應邀觀禮。整個過程莊嚴美麗，非常動人，但無交換信物與用印等等的手續。坐在我旁邊的一位英國太太說道：「啊，新郎新娘之間怎麼沒有合約（Contract）？難怪泰國女人是這樣容易被遺棄了！」

其實泰人結婚雖然沒有證書，卻必須在警察局先行登記，而且只能登記一位配偶，只有這位配偶是合法的，以後再娶，除非是續絃，政府概不承認，也不過問——感情上的問題，本來清官難斷家務事嘛！

所以泰國社會雖然容忍一夫多妻，政府承認的仍只有一位，當今泰王拉瑪九世甚至以身作則，為天下先，已堅守一夫一妻制；又由於泰國女子的自強不息，普遍贏得男士們的尊敬，相信一夫多妻的現象不久也會成為過去。對於改革根深蒂固的社會陋習，泰國人一向使用溫和的手腕，很少作積極的干涉，譬如泰國也曾有奴隸制度，拉瑪五世朱拉隆功——就是電影〈國王與我〉裡面那位受教於英國教師安娜的漂亮的小王子——他為了解放奴隸，先自己釋放所有的奴隸，又收買了一部分奴隸的賣身契，同時頒諭規定所有的奴隸皆有身價，一旦能付出規定的款項便可獲得自由。這一解放措施雖然歷時三十七年之久才徹底完成，但不曾流一滴血，國家元氣得以保持，至今每年朱拉隆功的冥誕日，在膜拜銅像的群眾裡還有許多是奴隸後裔。

一夫多妻與奴隸制度比較，可謂小巫見大巫，難怪泰國人懶得理會了。我也以為結婚證書與其說是為了保障，不如說是為了體面，若兩情不洽，證書又有何用？我們中國的法律對於丈夫有外遇時，雖屬「告訴乃論」，好像是管事的，但限制重重，條款又富於「伸縮性」，事實上從未對善良女性盡到保護的責任。而且男人對待女人便有不是處，還不如女人對付女人來得可怕，因此我甚至懷疑泰國男人實在是被女人自己「寵」壞的，遠在七世紀的「八百媳婦國」時代就把他們寵壞了。你想，一個妻子管理一座城寨，有八百寨之多，她們有披甲上陣的本領，決非那種只能躲在深宮裡長吁短歎哭哭啼啼，一面吟哦「玉容憔悴三年，春草昭陽路斷」的可憐兒。她們若不高興，造反亦非難事，但她們是如此忠誠，「八百媳婦國」的國祚居然延續了五個世紀之久。

泰國歷史上還有王后騎著大象出來督戰救夫的故事，結果被敵軍砍死在象背上，我就不信那位君王沒有妃子，而她仍然心甘情願地為夫捐軀。直到歐風東漸，一夫多妻成了文明世界的不協調現象，才勞動拉瑪九世出來示範。雖然不過是半個多世紀以前，就連解放奴隸的拉瑪五世也還有妃嬪九十一位，王子公主共七十七人。但拉瑪五世極為多情，有一年他的王后乘船前往挽巴因夏宮避暑，船在運河失事，當時格於王后與異性臣民授受不親之陋規，無人敢救，竟至溺斃。拉瑪五世哀慟逾恆，在河邊立碑紀念，碑文纏綿悱惻（他原是位散文能手），可見這只是觀念問題，他認為蓄奴不人道，至於多納嬪妃，並無礙於他對王后的愛情。

至於女性方面，由於社會的容忍一夫多妻，反而使她們一直就是強者，她們必須先求自立，才能掌握自己的命運。你可以發現市場裡、田野裡，到處都是女人在工作，男人不知到那兒去了（也許在辦公室裡，也許本來泰國人口就是女多於男）？但每當良辰佳節，奏琴玩樂的卻又男多於女。

織綢廠、古董店、橡膠園、火礱（機器碾米廠）的老闆往往不是小姐便是太太。還有不少經營進出口貿易的，有一位太太不過中學肄業程度，但她經營樹薯粉出口（賣給歐洲的化工廠作黏合劑原料），平均每月賺一百萬銖（合臺幣二百萬元），可是當她離開辦公室時，你怎麼也不會想到這位文靜淳樸的年輕小婦人，竟有那麼些雄赳赳的大丈夫必須看她的臉色行事，他們都是樹薯粉的廠主，產品外銷全靠她哪！

曼谷有兩所很有名也資格最老的女校——越他那女校與聖若瑟修道院女校，與上海當年的私立中西女塾性質極為近似。後者一直被我們稱為「要人太太養成所」，前二者卻為泰國造就了許多婦女領袖人物，她們經營礦場、旅館、超級市場、公共汽車公司，儼然企業巨「子」，令許多美國太太甘拜下風，論講求獨立精神，沒有誰叫得比美國女人更大聲，但她們發現，泰國女人早已悄悄地獨立了，而且幹得如此顯赫！

而且她們沒讓兒女變成「嬉痞」，甚至沒讓男孩蓄長髮；而且她們是如此謙抑，並沒在臉上掛滿了「事業相」，提起家庭，仍是「丈夫第一」。假如你參加一個完全是泰國女子的宴會，很難從外表上去分辨誰是職業婦女，誰是家庭婦女。同樣地款款而談，同樣的和易近人，行起禮來同樣的雙手合十，把脖子彎了下來——雙手合十容易，可是同時彎下脖子，又要彎得自然優美，並不十分簡單，我一直懷疑自己的脖子是鋼筋做的。

仔細揣摩泰國的家庭組織非常有趣——和他們的君主立憲政體一樣，丈夫是國王，太太是國務院長；丈夫是決策人物，太太負責執行。有一位瑪麗夫人，現任某大保險公司總經理，只有一子，在聯考中未能進入朱拉隆功大學，但被錄取在清邁大學，同樣是千里迢迢，以她的環境，不難讓這孩子索性到歐美去接受大學教育，可是做爸爸的期期以為不可，結果還是到清邁去了。

瑪麗夫人說：「早在聯考之前，我們就這樣告訴他，如果大學考不上，就進工專；如果工專也考不上，就到工廠去做學徒。總之我們堅持不到大學畢業不出國，他只好用功一點。高中畢業出國太年輕了，連自己的國家也不曾了解清楚，又如何能希望他回來為祖國服務呢？」

清邁遠在偏僻的北部，是泰國蘭那帝國時代的古都，一般社會習俗都比曼谷保守，是個最「暹羅味」的城市，但不知這位大少如何得了風氣之先，一年後回家省親，頭髮長了，上唇還有鬍鬚兩撇。父親乍見，氣得就想發作（他自己還沒鬍子呢），瑪麗夫人說「留給我來處理」，第二天早起才私下裡對兒子說：「孩子，長久不見了，願意做件甚麼事讓媽媽高興高興嗎？」對方回答當然是肯定的，於是她說：「那麼，請把頭髮剪短，鬍子剃掉好嗎？」

問題就這麼輕鬆愉快地解決了。

孩子們有時只是好奇，愛新鮮，甚麼都想試試，未必就是信了甚麼主義，或者必須像清末那些孤臣孽子似的非護住他們的辮子不可。但為了他們自以為已不是孩子，而是成人，並且是準備擔當國家大任的成人，為了不損傷他們的自尊，類此行為最好由父母去糾正他們，只有在父母面前，他們永遠是孩子。而事前的禁止，勝過事後的糾正。

前不久 *Bangkok World* 英文日報的記者訪問曼谷工業專科學校校長雅恰倫先生，問他對於男生蓄長髮的看法如何時，他說：「我不以為西方青年蓄長髮是錯誤的，可是泰國與西方國家不同，泰國人認為蓄長髮很不禮貌，我們的社會不能接受這些，所以我覺得泰國青年不該蓄長髮。」

這是一位典型的泰國人的談話，輕描淡寫，圓滑卻有個性，不傷害別人，但堅守自己的原則；泰國能接受各種外來的文化影響而仍保持他們原來的本色，這種堅韌的個性應是主要原因。

大體說來，我在曼谷住了一年多，幾乎天天出門，到現在為止，只見過兩三個蓄長髮的青年，他們是從歐洲回來的藝術家，畫得一手好畫——泰國人在繪畫方面的創造天才，遠勝過他們的音樂。——他們的確有其令人欽佩的成就，人們也就不大介意他們的長髮。以我個人來說，對長髮並無特別的反感，只是看不大慣而已，但如一個年輕人把心思用到從外表上去標奇立異而不務正業，也如一個女孩過分講究修飾而遊手好閑一般不值得鼓勵。長髮問題在泰國還未驚動警伯們緊張起來，教育界和泰國婦女都該記一大功，尤其後者，母親的輕聲慢語實比剪刀有力，而且沒有副作用。

一夫多妻，無損於泰國女子的地位；無為而治，使若干問題不成問題。這是個很奇怪的國家，你會發現，住得越久，越不容易了解她。

五十九年七月

已涼天氣話桑麻

在泰國住了一年多，才把這兒的天氣「摸」清楚。北部較涼爽，很像大陸雲南氣候；中部較燠熱，因為離海較遠；南部一帶包括曼谷在內，不大好受的也只是四五月裡。令人驚奇的是「熱」也與「寒」一般能扼殺生機，譬如棚下的洋蘭，開得最燦爛反而在秋季，當四五月時，連花兒都熱得懶得打苞了。

但另有一種瓊花，偏偏就在此時盛開，形狀顏色與曇花完全相同，還比曇花大些，一開四五十朵，枝葉如仙人掌，盤根錯節爬上扶桑植成的矮籬，把花兒像無數璀璨的玉盞似地「端」出牆外，迎著過往行人。瓊花也是夜開朝合，但入夜再開，如此開開合合，要點綴一週之久。人們司空見慣，懶得半夜請人前來觀賞——也不必半夜，上午十時以前它們還在大太陽下傲然微笑，令人想起當年坐在象背上督戰的西素里裕泰王后的英姿。

所謂瓊花玉樹，原是天堂之物，只有這一理由可以解釋它能反常地在酷熱中盛開。

問題不只是熱而已，總像空氣裡有甚麼東西作怪——彷彿一種釀酒的酵母——令人渾身軟綿綿只想睡覺。起初我以為必是健康上有何不妥，但人們說從臉色看來，我從未這麼好過。這是泰國氣候使然，所以湄南河裡每天早晨有人洗群浴。

如今醫學昌明，已沒有所謂「水土不服」的毛病。還只是四五十年前，「老蕃古」總是諄諄告誡「新唐」：「每天要洗早浴啊，像本地人似的至少要洗上一年，而且要用力擦出全身的『火』，否則就要大病臨頭了。」即使如此，我每晨游泳的習慣也正與「老蕃古」的話不謀而合，至於到了四五月裡就昏昏欲睡，不只「新唐」如此，本地人也一樣，他們對付的方法是吃很辣的菜。

有一種很小的羊角辣椒叫「膀個龍」，華僑稱之為「沖天辣椒」，顧名思義，也不必囉嗦了。還有一種「席拉恰沙司」，往湯裡或粿條裡灑一點，既辣又鮮，吃了以後，人也立刻新鮮起來，難怪洋人稱提神的冷飲為Refreshment，我是嘗了席拉恰沙司以後，才明白了泰國人何以在那麼熱的天氣裡還要火上加油地吃辣椒。

我們中國人形容火爆性子總說：「這人今天一定是吃了炸藥。」大熱天吃沖天辣椒，也跟吃炸藥差不多了，但你很少看見泰國人疾言厲色。他們說話像唱歌，把聲音拉得長長地；做事如推磨，不慌不忙地。他們說：「天這麼熱，別緊張，心靜自然涼。」

此外，在四五月裡，他們一天至少洗三個澡，所以泰國人很少長痱子——我相信至少在以前是事實，紗籠一解，就可以享受醍醐灌頂之樂。那時的紗籠，與現在裁縫精工縫製的長裙不同，只是一幅布從脅下圍過，把胸部也罩住。男人則穿的長尾幔，也是一幅布從腰間圍過，再從胯下兜上來塞在腰間。這種「無上裝」已在三十年前被當時執政的鑾披汶元帥禁止了，其實對於一天洗三次澡的生活，還是這樣的服裝方便。

所以當時的水上人家每戶只買一條褲子，誰出門給誰穿，其餘留在家中的人為了洗澡方便，仍願穿他們的傳統服裝。真正「革」了長尾幔的「命」，是二次大戰的勝利，中華民國一度居於五強之列，許多人指著自己的鼻子說他爸是中國人，於是有人為賣褲子發了財。

如今紗籠既已不復昔日的紗籠，長尾幔也幾乎真的絕跡了，我不知泰國人是否每天還洗三次澡？至少我辦不到，覺得太費時間——我發現為何我的男孩在考上大學以前喚他洗澡總是一千個不願意，如果洗一個澡都覺多事，那麼洗三個豈不過份？

好在，上天對待泰國很厚，當天氣令人繃不起勁兒時，就多多供應佳果以為鼓舞。

起初是紅毛丹，一粒粒大如鴨卵，遍身有長長的紅鬚，撕去軟殼以後，像橢圓形的荔枝肉。可是荔枝甜得膩人，紅毛丹卻清甜爽口，盛產時每公斤只售二銖（合臺幣四元）。

接著是山竹，盛產時每公斤只四銖。外觀如深紫紅的小柿子，切去厚厚的軟殼以後，露出六瓤雪白的果肉，只一瓤有核，其餘五瓤入口即融，連渣都沒有，味甜而略酸，造化調味真是恰到好處，不愧「水果之后」的美稱。

以上兩種水果終年都有，只是四五月間特別盛產。另外兩種以旋風姿態出現的水果是芒果與榴槤。芒果從四月下旬上市，前後不過一個多月便又芳蹤杳然。但品種之多，目不暇給，大的比山東饅頭還大，小的比羹匙還小，而且扁扁地，核薄如紙，味甜如蜜，汁濃如漿，沒有纖維，乃芒果中之極品。

但也有人說極品應數「金枕頭」，身子滾圓，長達五六寸，果肉金黃，味清而醇，很像浙江奉化的水蜜桃。

產量最多而又價廉物美的叫「白花芒」，有花的香味。至於像山東大饅頭的那種，泰國人乘它未熟就摘下來，刨絲以後加入搗碎的蝦米、花生、芝麻、辣椒，再調以蜜、鹽、及酸柑汁，五味俱全，別有風味。

最風靡是芒果糯米飯，泰國人叫「考鳥」（糯米飯之意，粘米飯則稱為「考飽」）。泰國少女把糯米飯用椰油煮得精光油亮，拌一點點糖，再澆一點白色的椰乳，然後把白花芒削得一片一片地放在飯面上和著吃——真虧她們想出來的吃法！直到芒果季節已經過去很久，有些洋人還念念不忘那種美味呢。

「白花芒」盛產時每個只售一銖，長三四寸，一盤糯米飯配一個芒果足夠了，而在泰國，糯米還比粘米便宜，所以這是一種大眾化的食品。至於榴槤，就害得許多人要「當了紗籠」去嘗新了，據說以前的暹羅確是如此，每逢榴槤上市，索性堆在當舖前出售。

榴槤為何如此名貴？據「老蕃古」們說，第一要地氣暖，所以只產於泰國東南部和西南部，而且在最熱的天氣裡成熟。第二要土壤肥，每株榴槤樹根下面，年年都要壓好幾擔「大肥」下去。第三榴槤怕濕氣，雖然外面包著硬硬的金甲冑，滿身是既硬又長的刺，大的連殼重達四五公斤，一定要受過「專業訓練」的人才能用小斧把它砍開，「堅強」異常，但也嬌嫩異常，漫說下雨，只須一場大霧，就能教未熟的榴槤辭枝落地（不過它們頗具「公德心」，必等到半夜才落地，成熟以後也如此）。第四榴槤雖是多年生的木本植物，「黃金時代」卻只有一年。第一年結果不能吃，第二年結果勉強可以吃，第三年的產品最好吃，以後又一年不如一年，頂多十年便要把樹砍掉重來，所以榴槤的生長過程很長，而「青春」極為短暫。

榴槤樹高從一丈多到五六丈，因品種不同、「年資深淺」而有參差。果實外觀如特大號鳳梨，大的長達尺許，一枝上橫挑至少五六個，遙望結實纍纍，十分壯觀。上品的榴槤並不太大，直徑五六寸，正圓形，有長長的柄，名叫「幹腰」，每個價錢從八十銖到二百銖，果肉金黃，軟膩香滑，有很大的核，但初嘗的人總覺那香味臭不可當，等到臭味變成香味時，乃真令人「留連忘返」了。

所以這是一種很「有個性」的水果，不管你對它第一印象如何，它「就是這副德性」，直到有一天你居然發現它「實在不錯啊！」而且一旦喜歡之後，便覺其他水果都比不上它，也不能代替它了。此外，它對健康有益，只是多吃令人飽，甚至「火氣上升」，喉嚨痛得淋巴腺都腫起來，這又是「有個性」的表現，難怪人們愛它又怕它，稱它「水果之王」。

現在榴槤盛市已過月餘，雖還有售，味道已不如前，可能已是「老樹榴槤」了，而氣候轉涼也有關係。

泰國每年五月有「農耕節」，王室派員率領百姓在王家田廣場參拜如儀，預祝五穀豐登，然後把一條牛牽到場中，周圍羅列各種祭品如玉蜀黍、米、豆、水果、菜蔬，包括水和威士忌酒等，放牛自去選擇。若吃了米，今年的米一定豐收；如喝了水，則卜雨水太多；如舐了威士忌，則主天旱。這是相沿已千百年的傳統風俗，據說靈驗異常。

泰國有些地區使老天爺做人也不容易，雨水少了，不能插秧；雨水太多高過了秧苗，也不能插秧。今年那條牛竟把威士忌喝光了，人們正愁雨水太少，不料六月一過，天天大雨，氣候也一天比一天涼快。泰國夏季氣溫冷暖是和雨水多少成正比例的，當臺灣熱得鐵軌發軟時，在曼谷睡到半夜竟會「凍」醒過來找毛巾被；而當臺灣既濕又寒時，曼谷又是麗日當空的大晴天。

所以除了四五月，大部分時間還是泰國的氣候舒服，實際上整個東南亞各地的溫度平均都在攝氏廿五度左右，「年較差」很小，「日較差」反而大些。而最高興的事是永遠用不著去「背」那既厚又重的大衣，也很少人想到要穿那五花大綁不通空氣的尼龍絲襪，趿著拖鞋可以上街，服裝好壞全不措意，若有誰穿著鐵灰西裝在馬路上行走，準是來自臺灣的「土包子」。我愛斯土淳樸自然的風尚，就像當年畫家高更愛上了大溪地一般。

五十九年八月

桂河大橋

我沒有讀過英國作家約翰考斯特的《死亡鐵路》，卻看過根據美國作家皮爾鮑的小說《桂河橋》所攝成的電影，那已是多年前的事了。

生活在這一代的人，也許看過了太多打打殺殺的電影，不管是為侵略也罷，為自衛也罷，對於那種故事已漸感麻木。也許又因為去日苦多，倍覺生命可愛，也想不通人們為甚麼不能好好兒地活著，以善意相處，而必須把世界「整」得如此悲慘。總之，〈桂河大橋〉的電影本身，遠不如它那支主題曲給我的印象深刻——雖然那也只是一支我從扔石子兒「跳格子」時便已熟悉了的進行曲，但經〈桂河大橋〉老調重彈一番，我至今仍能哼出它的旋律，而〈桂河大橋〉的故事卻已被我忘得差不多一乾二淨了。

也幸虧如此，當我們接受一位朋友之邀，和他們全家出遊時，才能歡歡喜喜地去看那悲慘的桂河大橋，才能泛舟桂河之上，在無數險惡的漩渦激流上面坦然地野餐。

桂河的「桂」，泰語是「支流」的意思，有大小兩支，故名「大桂」與「小桂」，發源於緬境，流到泰國境內的干謙那埔里時，匯合流入夜功河，再入湄南河，由暹羅灣出海。

所以干謙那埔里府屬「高原地區」，河水才能自西徂東順流而下。但我們從曼谷前往該府時，一路未見汽車爬坡，只望見一點山的影子，令人想起臺灣的蘭陽平原景色。窮山惡水與原始森林都在緬甸邊界，一入泰境便極目惟見綠野平疇，沃土千里，椰林處處，樹影倒映稻田水中，風光美麗如畫。

這些椰林英文名叫 **Sugar Palm**（糖椰），品種與喝果漿的椰子 (Coconut) 不同。一樣亭亭玉立，但後者的葉子如長長的鳳尾，糖椰的葉子卻短短地如蒲扇，另有一種輕盈瀟灑的風姿。

每當糖椰花開，泰人把竹子的枝椏削短，把主枝縛在椰樹幹上，互生的枝椏是現成的梯級，一步一步爬上樹顛，把蘆管接上割開的花心，便有液體流入掛在枝頭的小桶。只是流得很慢，眼淚似地，量也不多。而且那麼多的糖椰，每棵上下一次已夠他們爬一整天了，雖然他們爬得比猴子還快。

這些液體如果擱在那兒不管，就會發酵變成椰子酒，芳醇而濃烈，據說很容易醉倒人。若不做酒，便酌加石灰少許倒入鍋裡煎熬，石灰使雜質沉澱，兼有漂白功效，然後把水份蒸發便成椰糖，味美清香，勝過蔗糖。只是採擷如此費時費事，迄未用機器大量製造，泰人食用仍以蔗糖為主。

椰樹以外最多的是雨樹(Rain Tree)，種在公路兩旁與人家宅院中，巨木參天如華蓋，葉子綠得彷彿要滴下汁來，曼谷市內的行道樹也多類此，春夏間開一種紫色的長毛花。多年以前有一部伊莉莎白泰勒（也許是費雯莉？）主演的電影，中文譯名為〈雨樹郡〉，所以此樹可能並非熱帶特產，聽說臺北市正為植樹爭論不休，不知用大王椰好？芒果樹好？我覺得雨樹美麗莊嚴而有氣派，應是美化都市最理想的樹木了。

干謙那埔里被華僑稱為「北碧」，與緬甸交界，離曼谷一百四十公里，來去費了整整一日，我們在桂河上逗留的時間遠不如奔馳在路上的時間長。二次大戰時，日本人曾以此處為南進的大本營，自從仰光通星加坡與馬六甲的海路被盟軍潛艇封鎖以後，日本人決定從這兒築一條通往緬甸的鐵道，長達二百六十三英里（約四百多公里），每日載貨三千噸，限十四個月完成。

這條鐵路不但時常沿著削壁與河流前進，而且大部分經過叢林地區，毒蛇猛獸與瘴癘時疫曾使一萬六千名盟國俘虜與十萬名強迫服役的勞工在施工過程中死於非命（勞工裡有許多華僑），所以被小說家稱為「死亡鐵路」。

參與施工的勞工總數不詳，僅僅盟軍俘虜便有六萬一千多名，其中有很多是校級軍官。他們被分為兩部分，一半在緬甸，一半在泰國，相對進行施工。日本人對待俘虜之殘酷是出了名的，當守衛偶爾疏忽時，也曾有人試著逃走，但在叢林中根本也活不了，後來終於大家都死了心。

善良的泰國人曾時常設法送些香蕉、木瓜、西瓜給他們吃，可能也偷偷地夾帶了裝配收音機的材料，因為有一名蘇格蘭俘虜居然神不知鬼不覺地私下裝配了八座收音機給八個俘虜營。它們具有不同的外形，一座是水壺，一座是香煙罐，一座是餅乾筒，還有一座是藏在空心的竹扁擔裡，這名俘虜經常用那根扁擔挑著兩隻水桶供應食水。最後一座被當作日本「皇軍」司令官的收音機「配件」進入另一營地。就靠這些收音機，俘虜們可以略知一點戰事消息。

我不知道皮爾飽或約翰考斯特的小說是否比這些泰國人的傳說更富於戲劇性？至於日本人之慘無人道，據說後來由於完工限期迫近，每座俘虜營規定每天一定要有百分之多少的人數上工，竟到病號裡去找人，用擔架抬出去做工，所以鐵路完工那天，許多人就倒下去沒再起來。

桂河的河面很遼闊，鐵橋長達九段，印象中比電影上長得多，相當壯觀，也許當日並非實地拍攝，或拍攝時正值枯水的旱季，甚至可能取景於下游百米處另一座木橋。那座木橋也是俘虜們的成績，他們儘量找最蹩腳的木材去建造，有一種還未乾透的木棉樹，用來造橋，不過三四個月就腐朽了，如今旱季時還可望見河床上遺下的橋基。

現在成了「觀光名勝」的是鐵橋，日本人當年掠自爪哇的材料，用駁船拖到干謙那埔里再由俘虜們裝配起來。橋這邊有許多冷飲店、小飯館，和出租的遊艇。來觀光的大部分是洋人，若非還有墳場在附近，誰也不會想到那鋼樑鐵柱上洒滿了斑斑血淚。

在史實中，桂河橋並不像電影上演的毀於英國間諜所埋藏的炸藥，而是毀於盟軍飛機的連續轟炸。俘虜營都在鐵路或橋樑附近，日本人既不准他們掘壕溝防護自己，也不許他們在地面漆上白色的三角形以便讓盟機識別（白色三角是俘虜營的標誌，依照國際公法，不能攻擊失去戰鬥能力的人）。結果有許多俘虜竟死於「自家人」的轟炸。此外，日本人常命他們爬上樹顛去瞭望敵機空襲情況，但有一次盟軍傘兵降落於離他們只有廿三公里處，他們竟毫不知情。

他們比那些勞工略為「幸運」的，是總算死後還有墳墓。每隔一些日子，他們會私下遞個小紙捲兒給泰國人，那是死者的名單，泰國人小心翼翼地把名單納入瓶中，深埋地下。如今干謙那埔里的萬人塚就是根據這些名單分成一格一格地安葬，每格都有銅蓋，鐫著死者姓名。墓址正是當年最大的一所俘虜營遺址，許多俘虜曾在這兒消磨過痛苦絕望的時光，當戰事平息以後，曾有許多來自歐洲、澳洲的父母和妻子到此憑弔，雖然墓園裡花草芳菲，卻不知哭倒多少斷腸人，這裡面又不知包藏了多少椎心泣血的故事，舊創猶在，烽火已又燒到高棉，真是思悠悠，恨悠悠，人類紛爭幾時休！

五十九年八月

兩年前的電話

我剛沿著亞洲公路旅行歸來，往返五千公里，耗時半月，征塵猶在，既興奮，又困乏，卻在此時收到姚葳姊的文集《籠中讀秒》。

為這趟旅行，也為正想寫點甚麼，我把英文課停了一期，轉瞬下期又將開學，但我仍然拜讀了開篇的〈感情獨立〉與點題之作〈籠中讀秒〉，並且想起兩年前那次電話和她清亮的聲音，使我忍不住先要和老友長談一番。

姚葳原名張明，早在二十年前便是名記者兼專欄作家，還記得我初見她時，丰神俊秀，如日中天，有一種令人樂於親近與信賴的熱力。其後我擔任《婦友》月刊的執行編輯，她是編輯委員之一，給我的贊助和指教很多。二十年來，我們一直是好朋友，只是彼此的生活與性格不一樣而已。她是位領導人才，臨事不惑，當機立斷，執行時又能心細如髮，面面俱到，因此經常身兼數職。至於我，連給人作幕僚的資格都沒有，知道自己不行，一旦擺脫編務，立即躲回家裡乖乖地「爬格子」。

終於有這麼一天，這位一向熱鬧慣了的「鐵人」姚葳，也被迫不得不乖乖地躲在家裡，居然打電話來不恥下問：「梅音，以前你是怎麼度過那麼些病痛歲月的呢？」

「啊，簡直想不起來了，讓我想想看——」

想想看，當時已夠受了，那有事後還去從回憶中折磨自己之理？

我曾笑對朋友們說，我還十分十分的年輕，因為病痛使我的生命至少出現了二十年的空白（依照某些刊物除去標點與空格的計稿酬法，不折不扣地推算）。這麼悠長的一段纏夾著痛苦掙扎的歲月，如何適應，如何轉變，如何克服，又豈是三言兩語交代得清的？

何況，幼年得病直到壯年還未超生，正該努力創造前程時卻把大好光陰等閒虛擲，固屬人生之大不幸；姚葳姊是在中年以後得病，從日正當中的巔峰狀態驟然跌將下來，當然更難將息，也不是我當年那套工夫對付得了的。

然而世界是無理可喻的，我們只有心平氣和地接受，正如我們無法招手教疾駛中的火車為我們停下。在我們來到這個世界之前，它年年讓樹木抽芽、發葉、開花、凋謝，天天讓河水東流，日出日落。在我們離開以後，它還是這個樣子；它永不會為我們有所改變，你覺得它可憎也好，可愛也好，它就是這個樣子。

憎恨令人苦痛，還是喜愛令人快樂，但如何教人喜愛這無理可喻的世界呢？自作多情也許不是壞事，否則世上的藝術家早已絕跡，宗教家也無事可做了。

記得我曾看過四幅不知名的畫家作品，題為「春、夏、秋、冬」。第一幅畫著春日百花爛漫的草原，一雙兩小無猜的小兒女在草原上嘻笑追逐。第二幅畫一對情人在綠葉成陰的大樹下互相偎倚，含情脈脈，樹梢一鉤新月，映出夢樣的夏夜。第三幅畫著枝頭掛滿蘋果的秋日果園，父母帶著小兒女坐在地上野餐，我們幾乎可以聽見那歡樂的談笑，嗅到那果實的芬芳。第四幅畫一雙老夫婦冬日圍爐，先生戴著老花眼鏡，一卷在手，太太安詳地編織絨線衣，熊熊火光映出滿室的溫暖，也映出二老滿意的面容。

這四幅畫給我難以忘懷的深刻印象，不管春夏秋冬，人生每一階段都該好好珍重，好好享受，好好謳歌生命的恩惠。我們常羨慕飛鳥，羨慕游魚，只是任性的話，仔細想想，只要不跟自己太過不去，還是做人比做其他動物好得多，至少這點是不必懷疑的。

雖然我還是有點兒不甘心——冬天不該來得這麼快。伏爾泰的小說裡，從土星來的人埋怨在那快速的星球上，全生命不過一萬五千年，那樣短促的生命，一個人能學習或完成甚麼呢？

如果一萬五千年還嫌太短，那麼有史以來已告延長許多的二十世紀人類青春期，即使七十才算開始，又能作些甚麼？

不過，時間長短，也往往隨感覺而有所不同。譬如對日本抗戰的八年，就令人懷著「長夜漫漫何時旦」的焦灼；在牙科醫生的椅子上，真個令人「椅上讀秒」，時間何止長了一倍？若在這種情況之下產生長壽的錯覺，我寧願「乘在時間的雙翼」上。如果覺得它飛得太快，至少證明這人生活充實，一切順遂，仍是值得慶幸之事，我們也不能再苛求了。

只是偶然清夜捫心，總不勝惆悵——許多事，不管你願意不願意，七十才開始也好，一萬五千年也好，說著說著就到眼前了。人生就是這樣的嗎？我們已該準備從這可愛的大地上撤退了嗎？

一念及此，連向上帝討價還價的閒情都沒有了，當然也更沒工夫自怨自憐了，只覺能多看幾眼窗外的綠葉也是幸福，就像小時候站在街邊的大匣子面前，把眼睛湊上那小圓窟窿看拉洋片兒，「上帝」一面拉手風琴一面唱著：「快來看啊，快來看啊，一個子兒看一回，再不看就沒的看啦！」到人間來走一趟，所付代價豈止「一個子兒」？你能說口袋裡「還有一個子兒」嗎？

鄰家的印度女孩笨手笨腳地正在鋼琴上彈著〈往事如夢〉(Long Long Ago)，生疏的音符滴落寂靜的階前，使我覺得端坐國家劇場諦聽世界一流音樂家演奏時，其感受竟不如我走過那印度女孩的窗下來得動人——那勉強入調的樂音，恰似不成熟的本身就充滿生機，與周圍景色構成了極圓融的人生境界。還有那午夜傳來嗚咽的簫聲——已有多少億萬年了？我沒再聽過這種幽咽淒迷的斷續音調，不料竟在海外得之。西洋大堆頭公開演奏的音樂會排場，把中國人的玩意兒嚇得銷聲匿跡，其實中國音樂本來只合午夜奏與知音的。

世界是如此美好，不可避免的我們也有許多責任和義務，令我根本沒有閒暇緬懷過去，甚至無事也不給親友寫信。有朋友責我喜新「忘」舊，我回信說：「你錯怪了，實在太忙，我的友情不能零售，只做躉批。」雖然我明知若干說詞只是她的「激將法」，朋友們都那麼寬容我，像寬容一個任性的孩子般地寵壞了我，不管零售或躉批，我欠著全世界的情。

從我能夠管些事情的時候開始，記憶中總是忙碌不堪，這番來到曼谷，原想試著返璞歸真，做一名「散淡之人」，不該再讓自己這樣忙碌的。可是酒席吃膩了，電影也看厭了，縱有二三知友，也有把話談完的時候，當我發現自己閒來只知睡大覺，卻又驚恐起來——返璞歸真就是浪費生命嗎？

恰似古希臘伊壁鳩魯派的哲學家(Epicureans)，雖然他們認為心靈之樂超越一切，但無夢亦無慾的人生，終是一種奪去生命活力與希望的自私的哲學。小至個人，大至國家，人類天生要給自己找些麻煩，否則個人就會變成廢物，國與國之間乃有永遠打不完的仗，因為不自振作破壞了均勢。

前時我寫過一篇〈鳥歌〉，曾說人們若肯向鳥兒學學謙遜與大度，世界和平或可有望。我那專攻「自然生態」的男孩立即來信辯正：「百鳥齊鳴也是一種變相的競爭。」我說，這種競爭如奧林匹克，不但無礙和平，並可促使人類養成運動員精神，值得鼓勵。如果根本不想競爭，那才成了問題。

很久以前，當我還在臺北，曾有一陣每個週末上午去見耶穌，在靈糧堂聽道；下午去見如來，在南陽街聽經。無奈慧根太淺，對我這樣的人，還是「美」比「真理」容易接受。雖然有位研究佛學入了迷的朋友說：「當你能夠領略《楞嚴經》之美以後，便覺其他典籍都不屑一顧了。」謝謝上天，幸虧我還無此大學問，否則世界就更寂寞了。

俗人只有讀俗人的書，當我不願睡大覺而再拾起書本時，竟是越讀越起勁兒，只愁有生之年不能讀遍天下好書。世界之可愛，不只因它擁有青山綠水、鳥語花香，更因它擁有許多智者與卓越的思想、至美的藝術，而許多書本正是這一切事物和經驗的紀錄，是人類慧心的世襲財產，醒腦提神的妙藥仙丹。

姚葳姊其實得天獨厚，早年讀書就比我多了何止數倍，後來雖在身兼數職的忙碌生活裡，我知道她仍常在夜闌人靜時不斷地苦讀，她的毅力非我能及。我們之間的不同，只是一個從未吃過敗仗，一個從小就不曾希望勝過。對於一位如此聰明絕頂之人，我只覺得無話可說，我知道的，她早就知道了，不但我兩年前的回答教她失望，今天這篇「補遺」仍是班門弄斧。

但無論如何，我喜見久病新癒的姚葳竟能出版文集，這顯示她又堅強地站起來了，相信〈籠中讀秒〉的時光已成過去，〈感情獨立〉的豁達態度將為她開拓新的境界，帶來更美好的智慧，更充實的人生。

五十九年九月

團圓四重唱

我們幾乎天天都從日程表上「研究」這位「大人物」的行程：他該到柏林了吧？在日內瓦露營多有趣呀！維也納的歌劇還沒歇夏呢，中午十二點半離開威尼斯正是曼谷幾點鐘？在佛勞倫斯只停三天看得了甚麼呢？雅典兩天也太少，伊斯坦堡離特拉維夫有多遠？他為甚麼要在特拉維夫耽上五天之久？想見見戴陽將軍嗎？

整個七月，我們就這麼興奮地數著日子，經常盼望著來自世界名城的風景畫片，許多工作都放下了。令恬說哥哥最喜歡吃媽媽裏的粽子，於是我拖了嘉葆姊陪我到處去找粽葉，不料今年粽葉市面缺貨，當我早已忘了這事，多情的嘉葆姊打電話來說，她昨晚做夢還在幫我找粽葉，今天就真的買到了，而這時占正已從伊朗的德黑蘭出發，正在飛曼谷途中。

七月廿九日中午，我們在廊曼國際機場平臺上找尋這位嬌客，十分緊張。令恬問哥會不會留長頭髮？爸說長頭髮沒關係，貝多芬和莫札特不但長頭髮還梳辮子，若哥這麼打扮，一定具有古典美。我說我也不在乎，小舅舅剛來信誇他的長髮學生品學兼優，可是哥如果在「美容」方面竟這樣的不怕麻煩，就不像我的兒子了。

終於我們發現他就站在「機場巴士」的門邊，戴著太陽鏡，五十天橫貫新大陸與歐洲的旅行，使他看上去黑了一點，果然沒蓄長髮，只是褲腳管大了些。

他一路笑著嚷著衝進樓下，我們又趕到出口處迎接。和大家一一擁抱後，當司機班忠向他俯首合十為禮時，他有點不知所措，但立即很「司麥脫」地伸出手去和班忠一握，於是歡歡喜喜地上了車。

從臺北分手時，爸正在雅加達開會，不料三年以後能在曼谷重聚，這番才是真的團圓了。回家的路上，笑語聲中駛過許多田田荷塘，臉盆大的荷花在日光裡笑得如此甜蜜，只覺人生雖然如夢，天地實在有情。

感謝湘蘭姊的盛意，第二天就安排了一場大宴，把所有曼谷的浙大同學都請來，而且都是闔第光臨，一名不缺。她說孩子們好容易回家（她的三個孩子正好也在一週之前剛從倫敦歸來)，該讓他們自由自在地休息玩樂，不要拘禮，大家這樣見了面，就不必一家一家去拜望叔叔伯伯了。大場面的宴會一向很難做到親切忘我的境界，惟有這天例外，真是賓至如歸，濟濟「二」堂，各得其所，大家幾乎玩得要在湘蘭府上打地舖了。

因為占正回程要看萬博，而簽證住所機票都還不曾辦妥，第三天為此忙了竟日，第四天清早才出發先遊佛統大廟，中午再到玫瑰園，在「船屋」裡吃過道地的泰國飯以後，準備住進「搬家樂」——也有人譯為「半個樓」。

Bungalow 是泰國人住的一種高腳屋，爸說園中有很漂亮的西式旅館，房金還不及「半個樓」一半價錢，何必定要住「半個樓」？我說：「文化無價，若不住一天半個樓就不能算是到過暹羅。」

很少人知道我在平日是多麼節儉，但我更重視無形的價值，正如別人以為回來一趟都太奢侈時，我卻提示兒子應當取道歐洲省親；因為不但文化無價、親情無價，行萬里路所獲得的知識也無價。當我們的文化觸目盡是可怕的大紅柱子時，卻從別人的生活裡發現許多我們失去已久的清逸和高雅。

幸虧經濟部長總是尊重文化部長，我們非常順利地住進了「半個樓」，當侍者為我們打開小院柵門，穿過芬芳馥郁的素馨花叢，走上那木梯頂端的平臺，來時美景盡在腳下，心胸為之一暢。這兒才更像我們的「家」，多少天來的緊張與疲倦，頓時都忘懷了。

平臺上去是雙合木門，尖頂門樓下有一條甬道，棚上爬著玉藤，棚下別有洞天，「金露滴花」(Golden Dew Drops) 開滿一地。廊下擺著餐桌、躺椅，竹簾剛剛捲起。另一邊廊下是咖啡桌，窗下卻鋪著薦子、角枕——小時讀書看到「角枕」，想了半天，以為就是牛角做的枕頭。因為那幾天外祖父從故鄉來，帶了一個尺來長約四寸闊的方柱體，硬滑的皮上漆著紅底黑邊，據說那是枕頭。有人說笑話，用枕頭打小偷，一面吆喝：「你再不走，我就把被窩扔過來嘍！」若用那種枕頭打小偷，至少也能砸個大疱出來，不錯，一定這就是「角枕」，只是那時聰明得以為天下有這麼偉大的牛。

這番來到泰國，才真看到角枕了，是用六條三角柱體的木棉小枕疊成，上面覆著繡巾。長長的板窗也剛剛支起，準備你「斜倚角枕」遠眺湖山：「池外輕雷池上雨，雨聲滴碎荷聲，小樓西角斷虹明，『角枕斜倚』處，遙見月華生……」

左側是一大間臥室，我們帶女兒住，右側一小間臥室給占正。還有一間是廚房，我立即把昨天已在家中做好的炒麵與滷味、水果等先放進冰箱——泰國飯雖然好吃，但滋味太濃，連吃兩頓也受不了，而西餐他已吃了三年。

甬道那頭又有木梯下去通到一座玲瓏水榭，這不也是我們古畫上常見的建築嗎？從水榭上可以登船遊湖，甚至可以像泰國人似的下去洗澡（只要你願意），否則就坐在闌干內欣賞遠山近水，朝霞夕暉，當風過竹林時，滿園清響，空氣裡更飄來陣陣玫瑰幽香。

我們在水榭上坐了一會兒，終於不得不上去午睡，起來遊遍全園已是黃昏，踩船的節目且留到明天，吃過「小廚房」燒出來的晚飯以後，休息片刻先去游泳。

「子非魚，安知魚之樂？」我要回答莊子，至少我知道熱帶魚之樂。游泳池裡彩燈如虹，此身疑在天上宮闕，而自己就算霓裳仙子，在琉璃波裡任情飛舞，載沉載浮。

更高興是與另一位仙子並坐池邊，看那雙小仙子輪流表演從滑梯上跳水，兄妹倆相差十二歲，小時是冤家，因為大的喜歡撩撥小的，以致那小的還未學會說話時先會告狀，呀呀嗚嗚，指手劃腳，氣得我有時又捏緊鼻子惟恐笑了出來。

有情光陰把許多不調和的現象調和了，把兄妹倆的距離也拉近了，尤其這番再見，親愛和睦的好兄妹也是莫逆於心的好朋友，如影隨形的好遊伴。哥哥彷彿還是大學生，而妹妹忽然竄了起來，穿上曳地長裙時亭亭玉立，甚至已關心哥哥有沒有合意的女友了。

良夜並不匆匆，游罷歸來，還不想睡，便教侍者點了蚊香，在水榭上乘涼。可惜正是上弦，湖上並無月華，只有燈火明滅，繁星滿天，水榭上乳白的霓虹管，照見湖中時有魚躍。我們只靜靜地或坐或臥，聽遠遠近近的虫聲與蛙聲。甚至我們也很少說話，只覺世俗之事和這環境太不相稱，且莫擾亂這靜中清趣。雖然，聽久了虫聲與蛙聲，也聽不出荷馬的詩或莎翁樂府的音韻。

「記——得當時年——紀小——」像蛙聲裡鑽出來一隻很特別的，兒子忽然唱起歌來，但只一句。

「咦，怎麼不再唱下去呢？很不錯嘛！」他嗓子真的不錯，比青蛙高明多了，也比他爸那銅鑼似的「金嗓子」多一點兒「內在美」。

這天晚上，我們把所有已經忘了的老歌都掏出來和兒女一同合唱，占正臨時請教兩個升記號的「多」在第幾線，仍是「一個蘿蔔一個坑」的準博士脾氣，我說現在認豆芽菜已來不及了，只有採用教幼稚園的「直接灌輸法」。果然小牛比老牛更容易教（雖然爸以前學過）而令恬聽旋律本來一向就過耳不忘，一支四重唱的歌詠隊立即組成——女高音（令恬）女中音（筆者）男高音（外子）男中音（占正）——起初還不習慣各唱各的調子，唱到後來大家都成了女高音，再不然因走調而引起嘩笑，但不久就都入調了，至少可以唬唬外行人說「這就是四重唱」了。

我們就這樣唱啊、唱啊，中文的、英文的、黃自的、黃友棣的，「一百零一首名歌」上的……不記得幾時才上床的，只知輕搖響鈴的更夫已經巡行兩次了，玫瑰花壇上的噴泉也停止噴水了，彩虹似的燈光也滅了，樹梢的小燈泡兒仍然亮著，虫聲與蛙聲仍在鳴奏，牠們的歌聲裡雖無荷馬的詩或莎翁樂府的音韻，卻比人類的音樂更為耐久淡遠，你不想聽時，根本不會覺察它的絮聒；你想聽時，它就正在你的枕畔，送你幽幽進入夢鄉。沒人問起現在是幾點鐘，更沒人說今晚不刷牙就不許睡覺。

五十九年九月

漫遊記趣

「媽快來看，這兩位才是大懷疑派呢！」

我的男孩從小有「打破砂鍋問到底」的習慣，而且擅講歪理（真難為他老師們怎麼受過來的？）這次回來，居然還記得他的童年封號，拉著我向鳥舍那邊走，一面問：「誰說過貓頭鷹是哲學家的？」

這是一對很漂亮的白胸貓頭鷹，披著淡灰色洒著褐色小點的斗篷，黃色的圓臉，鷹鉤鼻兩旁嵌著一雙夢樣的藍眼睛。眉毛以上彷彿罩著一頂雞心口的白絨風帽，藍眼睛既圓又大，又像戴著太陽鏡。而且那「鏡片」的顏色一半深、一半淺，你會窺見眼珠在那朦朧的「鏡片」下隱約轉動，嘴裡嗒嗒作響——但你揣摩不出牠在想些甚麼。叩叩籠子，牠就把臉偏過一邊，採取「不合作主義」；若你再逗牠一下，牠就從四十五度轉到九十度乾脆面壁，好像跟你賭氣似的。

隔不多遠還有一對棕色的，雖然面對著你紋風不動，可是那雙眼睛深不可測，總是悒悒寡歡的樣子；另一隻雙鬢上翹，眼睛一開一合地，那副老奸巨猾的神態更是道道地地的大懷疑派了。

這是座落於曼谷沙通附近的蛇園，裡面養著各式各樣的蛇，從筷子般大的小綠蛇到幾百斤重的大蟒蛇，還有眼鏡蛇、狗牙蛇、椰子蛇、肥短的兔子蛇、細長的竹葉青、以及腦袋像方頭女鞋似的天堂蛇……看都看不完，除非研究生物，常人看蛇並不是愉快的經驗，我還是欣賞那些鳥。蛇園裡有許多美麗的鳥，彩色斑斕的鴛鴦，白頭紅喙的水鳥，還有一種叫不出名字，白胸黑背的修長身材，小巧玲瓏，長眉入鬢，頭頂一撮高高的白羽，那份靈秀與豔冶真像一位戴著插羽帽的巴黎女郎。但最逗人喜愛而又引人發噱的還是那些大懷疑派哲學家。

週末下午，我們全家曾去北欖遊鱷魚潭，看鱷魚也不是愉快的經驗，但這兒是全世界最大的，可能也是唯一的養鱷場，內有大小鱷魚六千多條，對於專攻「自然生態」的占正是應當見識一下的。

華僑中有些「老蕃古」總說泰國鱷魚是從潮州逃過來的，時常告誡年輕人千萬別在河裡洗帳子，因為韓文忠公當年擔任潮州刺史為民除害時，寫好一篇〈祭鱷魚文〉就地焚化以後，便用蚊帳把牠引出了惡溪，所以鱷魚一見蚊帳就會引動歸思而浮到水面上來。

其實，泰國的鱷魚早在二十年前就被職業捕鱷家們獵光了，北欖養鱷場的主人當年就是兼營鱷魚皮出口的捕鱷專家，有時捕到小鱷覺得殺了可惜，就把牠養著，不料以後來源枯竭，而他的養鱷竟試驗成功，繁衍至今已成了這麼一宗大規模事業。

鱷魚潭上築有亭臺與九曲橋，遊客們可以居高臨下欣賞那些曾是「一世之雄」的子孫的懶相，伏在岸上等別人把小魚扔給牠們吃時，必須很準確地扔在嘴邊，遠一點兒連看都不看。反正「下一代」也有別人代為撫養，不必自己操心，似乎牠們活著只為等人剝皮了。大鱷魚背上馱著小鱷魚游上水面四出覓食的優美鏡頭，在泰國已成歷史了。

出了「鱷魚之家」，又訪佘子亮花園。佘子亮是位僑領的名字，北欖是湄南河出海的海口。花園就在海邊，規模也很大，雖然部分年久失修，可是乾乾淨淨地，那稍為帶點兒荒涼的氣氛彷彿正是它的特色，另有一種動人的風韻。

尤其那座橫過沼澤伸向海口的曲折長橋，橋下深達丈餘，長滿了參差的羊齒植物。

由於經歷過多少潮漲潮落，欄杆已經有些朽壞，橋端那座古老的亭臺更與我們國畫裡的一模一樣，岳飛、王安石、薩都剌，可能就是在這樣的亭子裡吟詩填詞吧？海風輕輕地梳過蕭蕭古木，海濤似在低訴無限往事，憑欄佇立，水天一色，惟見幾隻海鷗在淡日疏煙裡閑閑地飛著。

我們就在海口一家小飯館的樓上吃海鮮，這兒的海鮮不但著名而且價廉物美。蚵煎使占正懷念臺北的圓環，蟹殼肉更是別出心裁的手藝，龍蝦火鍋比玫瑰園「船屋」上的更濃郁，炒小蚌的風味令我想起臺中梧棲港的「西施舌」。

窗外飄起了霏霏細雨，俯視小街已暝色四合，燈火昏黃。能在異國這樣美麗的海口，這樣寧靜的小街，這樣溫馨的夜色裡，和丈夫兒女暢遊之後再享用一頓這樣舒服的晚餐；很安心地，既無剪徑客，又無「三隻手」，甚至也沒人湊上來賣彩券，當然更不會有甚麼聽壁隊（雖然戰火就在數百公里之外的高棉）。飽經憂患的亂世餘生，對個人來說，只此一飯已該感謝上天，又敢何求？讓我先祝福這片可愛的國土，也祝福我自己多難的祖國！

承蒙昭儀姊的安排，第二個週末是在帕他雅的海濱別墅度過，錫美姊也全家同往。她倆行前已忙碌整整一日，親自烹調了許多可口菜餚美點，還有大批水果、罐頭等等，真是愛屋及烏，情深似海。

這次完全湊孩子們的興致，馮伯伯的健身活動一向是打高爾夫，鮑伯伯已鬧了一年的風濕症，如今做了正副領隊，既來之，則游之，到了帕他雅以後，大夥兒都在日影已斜的海灘上下了水。

暹羅灣的海岸實在美，處處都是椰林與松林，不想游泳的人就躺在林中遠眺也是一種「營養眼睛和心靈」的享受。腳下沙細如雪（傻瓜才穿拖鞋呢），沙灘斜斜地伸展出去，處處都是理想的天然海水浴場。

海灘上面一排全是私人別墅，也有一兩家觀光旅社，建築的格調既傳統，又現代，創意極高，而庭園裡燦爛的花朵一直伸到矮牆外面，使整片海灘美得像錦繡一般。

海灘上有許多小馬供人租騎，孩子們躍躍欲試；又有許多輕巧的柳葉船兒，用一支長長的雙葉槳像舞劍似地划著前進，更令孩子們心醉神迷。正好這時海上來了帶人滑水的汽筏，於是先試滑水。

單板滑水其實簡單，有膽就行，大家輪流表演，初試身手，居然一個個都站得腰挺背直，毫不含糊，樂得爸爸趕緊端起相機來大拍其照。

這邊正忙得不亦樂乎，那邊馮伯伯叫一聲「不好！」眼鏡不見了，於是泳技最佳的鮑伯伯立即縱身一躍，潛入水底去撈眼鏡，外子「聞警」也把相機一扔跳下水去，不料他手到擒來，那麼容易就把眼鏡拿上來了，馮伯伯如獲至寶，連忙抓來戴上。「重見天日」以後這才想起：「哎呀老鮑呢？」於是哥兒倆再鑽下去把鮑伯伯拖上來。

孩子們真是精力充沛，滑了水又划了船，本來已有倦意，豐美的晚餐落肚以後又新鮮了，玩紙牌到深夜，竟忘了騎馬的事，待翌日起床，隔天訂好的汽艇已等在門前了，於是大家再換泳裝揚帆出海。

汽艇駛約二小時就來到一片珊瑚島，再換玻璃船看「海底奇觀」，俯視海底全是各色珊瑚與水族魚類，珊瑚像靈芝，水母大如盆。但小水母更美，像一朵一朵的白牡丹，白得發絲光。玻璃魚像用塑膠紙剪成的，只有頭部的輪廓和一根脊椎，若不是成群地在游著，你會以為是一堆魚骨頭。藍天使像穿著泰絲旗袍，還有一種很醜怪的 Fan Ray，像扇子拖一條鼠尾，游泳時卻很會作態，上下翻動如波浪。五六寸長的海馬，脖子勾住脖子，尾巴勾住尾巴，正在頑皮地悠然盪鞦韆，還有一種名叫 Cardinal 的紅魚，像一根一根懸針似地吊在半空裡動也不動。海底世界是如此寧靜美麗，估計離我們不過一丈多深，但這些魚彷彿早已習慣了這些無事忙的觀光客，對於叫囂著越過牠們頭頂的玻璃船全不在意。

從珊瑚島登岸以後，馮伯伯用一根橡皮筋先把眼鏡從耳後繞過來綁牢，因為這兒的海水格外清澄，先生們下水游泳，太太們怕晒，就坐在棚下喝可樂。一面看著喬治與紹彥、里韋穿著蛙鞋入海再探龍宮，令恬卻與哥哥手拉手地跑向山邊水涯去拾貝殼，穿行跳擲於重重疊疊的石壑間，兩人竟像只差四五歲似的。那雙背影越跑越遠，美得可以入畫──母親看兒女總是美的，彷彿失落已久的「蘇澳的好日子」又回來了，而且帶著新的希望與生機。

當此頃刻，時光的飛駛，青春是否常駐，甚至個人的榮辱得失，全不關心，兒女長成給父母最大的慰藉正在此吧？

只是從帕他雅回來以後，占正的「曼谷假期」已近尾聲，惆悵隨之襲來。雖然世界已經縮小，回來一次仍非容易，不管胸襟多麼豁達，不管歲月已使我們多麼歷練，與兒女分別總是難堪之事。

幸虧我們早有準備，決定全家參加一個為期半月的星馬旅行團，一路遊山玩水，到達星加坡以後，占正從那邊直飛臺北轉大阪，我們仍循亞洲公路歸來，人在路上奔波，也就沖淡一點離別的傷懷，無論如何，比留在家中面對那驟然冷清下來的屋子要好多了。

於是八月十二日下午三點半鐘，我們全家帶著簡單的行李坐上駛向馬來西亞的國際快車，又開始另一段新的旅程。

五十九年九月

獅城近事

不知從甚麼時候起，星加坡又被稱為新加坡，有人說是從它獨立以後。可是民國四十八年時它還沒有獨立，用字最謹慎的《中央日報》已稱之為新加坡；五十四年時它已經獨立，反而又稱之為星加坡，可見此說不確。

事實上，至今《曼谷僑報》仍稱之為星加坡，而在星加坡本地則兩字都有人用，不過「新」字較為常見而已。但據《星加坡地方誌》說，星加坡夜景極美，遙望帆檣如林，燈光滿佈海上；回望岸上亦萬家燈火，又如天國夜市，因此華人稱為「星洲」——燈火如繁星之洲。

「新」易為「星」，一字之差，憑添多少美麗的想像，所以我從刊印《海天遊蹤》時就用「星加坡」。

其實若要「打破砂鍋」，星加坡的名字遠不如中譯之美——Singapore 乃從 Singapura 轉化而來。這是梵文的發音 Singa 原義為「獅子」，Pura 是「城池」合起來的意思就是「獅子之城」。

古代淡馬錫王國

星加坡原為古代的淡馬錫王國 (Temaseh)，淡馬錫是一座山的名字，即今日星加坡島上的武吉知馬山。這一王國的第一位國王蘇倫，開國以後只傳了兩代，忽然拋棄了淡馬錫遷往蘇門答臘的巨港定居下來。

後來，巨港王子沙卜拉周遊列國，來到一個小島，發現對面海灘水淨沙明，一望無垠，十分欣羨，借問何處？隨員說那就是他先祖當日開國的淡馬錫，王子頓生故國之思，於是乘舟橫渡。

這一行人登陸之後，見有異獸比公羊稍大，黑頭黃背白胸，體格雄健，矯捷如風。王子驚問是何獸類？有人答聽說獅子就是這個樣子。王子非常欣賞這勇猛的異獸，認為這兒是好地方，乃決定在此重建新國，改稱「獅子之城」，這是公元一一六〇年的事。

獅城建國以後經過幾個世紀，屢變滄桑，也和我們的二十五史一般有他們一套「砍殺史」，其敵人多來自爪哇，到一八一八年被英國人看中時，它已是一片荒涼的漁村了。

星加坡的發跡

從那片荒涼的漁村又變成今日美麗繁榮的星加坡，卻要先感謝那曾被我們詛咒的到處殖民的帝國主義。

十六世紀以後，葡萄牙、西班牙與荷蘭、英國等幾個擁有艦隊的國家努力從海上向東方圖發展，尤其荷蘭與英國先後成立東印度公司專司其事，但英國起步比荷蘭遲了好幾十年，許多島嶼早已在荷蘭人控制之下，後來雖然弄到一個檳榔嶼，但自馬六甲歸還荷蘭以後，檳城也成了孤島，為尋求新的出路，英國就不得不設法在馬六甲海峽附近另覓良港。

開埠功臣萊佛士

著名的星加坡開埠人萊佛士 (Stamford Raffles) 原是英國東印度公司一名小職員，十四歲就進入公司，廿四歲被派往檳城擔任輔督鄧達士的助理書記，職位仍然很低。他平日一面工作，一面學馬來語，後來遇見一位英國學者李頓，兩人一同研讀馬來文，在他協助之下，使李頓譯出了《馬來紀年》這本著名的馬來史。以後李頓逢人就盛讚萊佛士的才略，不久萊佛士就被升為檳城的輔政司。

其後萊佛士本人還著了一本《爪哇史》，並因功勳賜封爵士。這些事實證明萊佛士對於東南亞的地理形勢與歷史淵源早已瞭如指掌，並且深切感到英國另覓新港的需要。於是他說服了東印度公司的赫斯廷總督，後者老成持重，只說要他先訪蘇門答臘的亞齊王國，看能否在該國建立商站，切勿與荷蘭正面牴觸。但萊佛士根本不理亞齊，只領著公司撥給他的七條船直放星加坡，並且在那裡大刀闊斧地立即建設起來。

獲得赫斯廷支持

這事果然很快地就引起荷蘭抗議，英國政府責問赫斯廷總督，後者對萊佛士的獨斷獨行雖很不滿，但見木已成舟，也只有硬著頭皮支持萊佛士。他說荷蘭在一七九五年把海外領土委託英國代管時，正式文件上並未包括星加坡，所以荷蘭的抗議沒有根據。

這個回答幾近強詞奪理，卻也弄得荷蘭啞口無言，但仍發兵攻星加坡，檳城方面新任監督藉口「未奉命令」拒絕支援，幸而赫斯廷態度堅定，義之所在，支持到底，一面向荷蘭人說，若他們能證實對星加坡的主權，英國可以隨時退出；一面下令檳城立即發兵前來，這才穩住局勢，星加坡開埠終於成功。

這故事給我許多感想：

第一、自星加坡開埠以後，使英國人在東南亞的殖民勢力後來居上，萊佛士不僅是星加坡的大恩人，也是英國的大功臣。第二、小職員不可自卑，只要肯上進，終能成大器，事情還是需要人去做的。第三、赫斯廷總督能在緊急關頭支持他並不欣賞的下屬，真是何等胸襟？何等器度？第四、維多利亞女皇何幸而有萊佛士，但更何幸而有赫斯廷！

星加坡的災難

星加坡有紀念萊佛士爵士的廣場，建於一八五八年，地點在市中心區羅敏申公司旁。以前稱商業廣場，近年重新改建，地下為停車場，地面為花園，飾以噴泉、花鐘、涼亭等。中有萊佛士爵士佇立沉思的銅像，氣宇軒昂而又文質彬彬，可見將相無種，誰又一生下來就註定要做一輩子小職員呢？

萊佛士當初是從柔佛蘇丹（土王或酋長）面前以廉價把星加坡買下來。這島最高的武吉知馬山海拔不過六百多呎，但丘陵起伏，給人印象完全是一座山城。

它孤懸海上，與馬來西亞的柔佛只一衣帶水之隔，面積只有二一七平方哩，加上周圍小島也只有二二〇平方哩，卻扼制著印度洋與太平洋的航路。開埠以後不但成為交通樞紐與經濟重鎮，一躍而為世界第四大港（第一紐約，第二阿姆斯特丹，第三漢堡），也是兵家必爭之地。

英國曾把星加坡建為海軍基地，有「遠東最堅固的海軍要塞」之稱。可是二次大戰時，這最堅固的海軍要塞並未能發揮它的威力。

原來星加坡與柔佛之間在一九二三年築成了一條長堤，上有公路鐵路，還有大水管以補充星加坡的食用淡水。十幾年以後，大戰爆發，英國人做夢也沒想到，日軍只從海上佯攻，一面卻另遣部隊分別騎著單車，自馬來亞叢林中悄然南下，待發覺時，連炸堤都來不及了。

星加坡能有今日的繁榮，華僑的努力開發尤其功不可沒。可是日軍佔領星加坡後大肆屠殺，華僑英勇抵抗，死事也最慘烈。紀念　國父中山先生的晚晴園裡，陳列著許多從地下掘出的金戒指、金耳環等，都是當日死難僑胞佩戴之物，令人怵目驚心。

國父的晚晴園

晚晴園在星加坡大巴耀區大仁路十二號。現歸中華總商會管理。原為一位僑領的別墅，當年　國父奔走革命時，曾數度居此。

因年代已久，原住臥室的傢具已朽壞移走，整個樓面索性打通作為圖書館。園中有國父坐姿銅像，還有國民革命軍北伐時，日本人出而干涉，在濟南慘被日人殺害的蔡公時先生立姿銅像。

樓下大廳陳列著許多歷史性的照片，和　國父親筆寫的中英文手札。給我印象最深的是民國紀元前十六年　國父與家人在檀香山攝的合家歡，大大小小有十二人，都是清朝裝束，惟有　國父本人梳著「西裝頭」，穿燕尾服，少年英俊，丰采翩翩，完全是現代紳士。

一九〇五年中華革命同盟會星加坡分會成立時也曾留影，二十餘位會員中有張繼先生（廿幾年前好像還常在報上看到這位先生大名）。園中老者對我侃侃而談「天寶遺事」。據說這些會員中現在只剩下陳楚楠老先生，他是星加坡遊樂場「快樂世界」的老闆。

還有一張一九一一年十月武昌起義時革命軍開赴前線的照片，那時中國的攝影技術很差，看去如石刻。起義司令部有圓屋頂，很像武昌珞珈山的武漢大學。

雖然是這麼模糊的照片，但仍可分辨革命軍人個個背著毯子水壺持槍前進，而且在我視覺中竟是栩栩如生。從那時到現在，已是半個多世紀過去了，先烈之血已枯，壯志未酬而河山變色，客中睹此，不覺愴然淚下。

星加坡的驕傲

但從星加坡的表面看來，這些圖片與血痕斑斑的死難僑胞遺物，已是遙遠的噩夢。一種潛伏的羞辱感或不安全感，有時正是促使一個政權奮不顧身拚死建設的動力。星加坡正在它有史以來的黃金時代。

一直是英國直屬殖民地的星加坡，於一九五七年四月獲得英國同意，訂立自治協定。一九五九年首屆自治選舉結果，左翼的人民行動黨以決定性的勝利當選為執政黨，記得

當時國內輿論都很為星加坡耽憂。

但從以後的發展跡象看來，人民行動黨的首領李光耀當初以左翼姿態上臺，只是投人民所好，只是一種達到政治目的的手腕。澳洲大學弗烈德・亞力山大教授編的一本《馬來西亞與星加坡》也如此說：「當其他各黨都不被信任，並且缺少這年輕的社會主義集團所特有的衝勁兒和理想時，這一政黨可能在任何情況之下都會當選的。」

李氏上臺以後立即宣布他的政府是「非共」的，一面小心翼翼地設法擺脫並壓抑當初擁他上臺的左傾勢力。一九六四年當我經過星加坡時，李氏執政已經五載。政府正開始逮捕在南洋大學滋事的共黨職業學生。

從那時到現在，星加坡一直在安定繁榮與飛速的進步中。雖然李氏所致力的兩大主要目標：一、使星加坡工業化。二、與馬來亞合併。前者由於法令苛細如牛毛，又兼若干先天的缺點，迄未盡如理想；後者則合而復分，一時也未能成功。但在都市重建與房屋計劃兩件事上，李氏內閣的努力，已贏得舉世的尊敬。

這次我是由亞洲公路前往星加坡，當我們過了柔佛進入星加坡時，海關職員以華語和我攀談，證明「國語教育」在那兒推行非常的成功。我問他是那兒人，很想認個同鄉，說是福建永定或廣東梅縣等等，不料他昂然而答：「星加坡國人！」

星加坡的朋友告訴我，星加坡的成就的確人人引以為傲，護照在全世界通行無阻，向任何國家辦理入境簽證都很受歡迎。總之星加坡真的有些名氣了。

最近李光耀訪問印度，甚至受到隆重而又熱烈的「紅地氈歡迎」，一國君王也不過如此。雖然星加坡充其量只能在古代稱為一個城邦，說甚麼也夠不上現代國家立國的條件。

天外飛來城市

在星加坡仍可看見共黨組織充滿火藥味的標語，和它寧靜溫馨的環境極不調和。但左翼勢力已起不了甚麼作用，人民行動黨以社會主義的姿態登臺執政，卻以資本主義的手段繁榮國家。

李光耀氏深信貧窮乃醞釀共黨勢力的溫床。為了消滅貧窮，在房屋計劃加緊實施之下，星加坡二百萬人口中已有六十五萬從貧民窟住進了清潔、美觀，而又舒適的廉租大廈。其建屋速度是平均每三十六分鐘完成一個住宅單位。

這些住宅的建築水準極高，都是二十層左右的電梯大廈。整齊地矗立於大公園似的草坡上，乍見還以為是觀光旅社。入夜只見彩燈閃爍，誰也不會想到那高聳入雲的「玉宇瓊樓」竟是平民住宅。政府預定每年完成一萬六千個住宅單位，還在繼續趕建之中。

李氏的政府相當民主，人們可以任意批評，甚至謾罵，但不能有行動。而在執行職務時的鐵腕作風，為了重建都市，新蓋起來的六層大廈說拆就拆，毫不寬假，更別說還有直路變彎的怪事了。

六年前我來星加坡，印象中到處都是大樹與草坪，清潔而又美麗。

這番再來，竟像天外飛來又一座更清潔、更美麗的花園城市，舊道已不復辨識。平坦而又寬闊的馬路，上下迴旋於林深樹密的山坡上，路畔點綴著一叢一叢彩色斑斕的錦葉木。有一段馬路的安全島完全闢為私人花圃，既可賣花，又兼收美化都市的實效。而治安之良好，使星加坡的花圃與私人住宅都不用圍牆，只有矮矮的柵欄，那街道，那青山，大家都有份兒。

當我們進入馬來西亞境內時，司機就警告車上旅客切勿向窗外扔紙屑菓皮，否則罰款十五元叻幣（合美金五元），而星加坡罰得更重，要五十坡幣（合美金十七元），汽車冒黑煙罰六十元坡幣。所以不但市容整潔，空氣清新，連大排水溝都差點兒被我認成畫片上的「星加坡河」。

工業化的阻礙

李光耀原籍廣東梅縣，英國劍橋大學法律系畢業，今年才四十七歲。自一九五九年任內閣總理迄今已有十一年，其卓越的政績與受人民愛戴的程度，看來剛入好景，前途如日方昇。

然而，他的政府並非沒有缺點，前面說過的法令苛細如牛毛即其一端。這成了工業化的絆腳石，已使投資廠商逐漸為之裹足不前。

傳說李氏若干年前往訪香港時，認識了香港廠商委員會主席張某某先生（是個中國人很喜歡用的名字，可惜筆者一時疏忽竟忘記了）。為促進星加坡工業化，李氏游說張君前往星加坡辦廠。張君欽佩李氏為人，既受李氏特別關照，當即興沖沖地邀了幾位「老廣」真的前往星加坡辦起紡織廠來了。不料開工大吉之日，水管還未接通，問題是女工們不能不上廁所，急得張君親訪總座。總座又向「有關部門」查詢，對方回答是「依據甚麼法令第多少條款」必須等「甚麼甚麼」時候以後才能接通水管。結果李氏本人竟亦愛莫能助。

該廠既不能等水管接通以後再開工，只好訂製大批馬桶。於是每天早晨要載好幾卡車馬桶到海邊去傾倒洗刷，場面之偉大熱鬧，驚動許多居民好夢。這情況繼續了一個多月之久，被星加坡人傳為笑談，但也可見李光耀之大公無私，他甚至並未「下條子」飭令特別提前「另案辦理」。

當然對整個建廠的過程來說，這只是池塘中一個小小的漣漪，還不致有「嚇阻」的作用，主要原因還是法令互相掣肘之處甚多。一座工廠從申請到核准開工也要過不計其數的關，而且每一把關的人並不互相聯繫。把肚皮外面的箭鋸掉，把肚皮裡面的一半留給「內科醫生」的外科醫生也不是沒有。可能只是投資部門如此，否則我們無法相信每三十六分鐘完成一個住宅單位的驚人效率。

探測石油中心

雖然，星加坡的工業仍有增長率百分之十三·四的紀錄（一九六八年），而其經濟繁榮的程度，已使人民平均收入全年達六百六十四美元，在亞洲地區僅次於日本。因為事實上它是東南亞轉口貿易與銀行業務的中心，現在進一步又將成為東南亞探測石油及電子裝配工業中心。世界上好幾家有名的石油公司如海灣公司、殼牌公司等都在附近探測石油而以星加坡為供應器材的支援基地，更使星加坡錦上添花的繁榮起來。

前不久星加坡外交部長賴薩勒能（印度人），還苦口婆心地呼籲星加坡人切不可躊躇滿志，星加坡人還須努力埋頭苦幹，自求多福。「因為星加坡只是一座本身還不會生產的孤島，如果那幾家石油公司忽然放棄探油，再來個什麼事變，百分之七十的星加坡人都將餓死……」。

星加坡的隱痛

居安而能思危，確是一個有才幹的政府很自然的態度，決非故意危言聳聽。星加坡的確很孤立，英國早已在逐漸撤退部隊之中，它並非不想拉住美國，但美國也自顧不暇，正在不計後果地丟包袱了。所以它無所謂外交政策，一直在觀望中，對星加坡來說，還有比共產主義更可怕的敵人——種族的歧見。

星加坡原屬馬來聯邦的柔佛。從歷史上說，它應是馬來西亞一部分。尤其馬來半島的地形，三面海岸都是嶙峋礁石或淺水平沙，馬六甲在十五世紀時一度是繁榮的商港，今已淤塞，沿海連小船停靠都有困難，只有一個地方好像是上帝的疏忽，突然下陷造成一條很深的裂罅，但因此形成一座天然良港——這就是星加坡。所以從地理上說，它也該是馬來西亞的一部分。此外，星加坡是大商埠，其港口貿易每年達十二億美金，若與馬來西亞合併，星加坡之於吉隆坡，正如紐約之於華盛頓，一個是經濟中心，一個是政治中心，因此從政治上說，它能成為馬來西亞的一部分，簡直是珠聯璧合，佳耦天成。

李光耀一上臺就致力於星馬合併，但不幸狹隘的民族主義使馬來人對華人的妒忌日深，馬來西亞一千零八十萬人口中，百分之五十是馬來人，百分之四十是華人，百分之十是印度人，星加坡二百萬人口中卻有百分之八十是華人，一旦星馬合併，華人在量上立佔優勢，這是馬來人所不願見其實現的。

後來還是實現了，所以星加坡一度曾是馬來西亞共和國的一州。但兩年後終於又再分開，李光耀不得不單槍匹馬地去和不可知的命運奮鬥。一面苦心孤詣地建設他的「星加坡國」，一面仍然小心翼翼地希望拉住馬來西亞，我到星加坡時，聞李氏正擬往吉隆坡打高爾夫球以「聯絡感情」，卻因數日之前剛從馬來西亞過來幾位長髮青年，被星加坡的警察「大剪一揮」，惹得馬來人憤怒地罵山門，嚇得李總理中止此行，暫不前往以免「加深刺激」。

至於星馬分治的原因，表面上說是財政問題，馬來西亞要求星加坡繳納百分之六十的賦稅，而星加坡只答應百分之四十，其實還是種族問題作祟。英明的馬來西亞總理東姑阿都拉曼不惜以壯士斷腕的決心「摔掉」了星加坡，因而阻止了更大的悲劇。

星馬分治的餘波

下面一段譯自弗烈德教授編的那本《馬來西亞與星加坡》，內容耐人尋思，即以之作為本文結束——

「六月間，東姑阿都拉曼到倫敦去參加英國自治聯邦內閣會議，病了。當他回到馬來西亞以後，在那永無休止的爭辯中，整個七月都在養病。但他在直覺的判斷方面，直是目光如炬。由於這一點，他成為李光耀的反對者是睿智之舉。

「他研究每一發展並且估計這一行動的政治動機。他預見馬來西亞激進派將以報復手段對付馬來西亞議會與人民行動黨的領袖，甚至將試以武力控制星加坡。那是他曾全力以赴去遏阻的，不幸恰似強烈的諷刺，卻造成了唯一生路只有分開的危局。

「當八月初拉曼重新視事時，就在聯邦會議之前完成了這事，那是馬來西亞式的離婚。聯邦政府並未跟其他部門討論，甚至也沒得到內閣的充分支持。星加坡首領們猛烈地爭辯反對這一舉措。拉曼說這是萬不得已，種族暴動的嚴重性已經日增而且逼近。『假如我的力量能夠完全控制這種情況，我會再加考慮，但我不能。』他在八月七日這樣寫著，當八月九日議會揭幕，『星馬分治』已宣佈了，阿爾伯‧傑佛以辭職抗議，李光耀已回到了星加坡，頹然倒下並且流著眼淚。

「這戲劇性的事件餘波（一九六五年八月七日至九日）令人驚詫。

「當這命運註定的分離既成事實以後，不安情緒滋長著。正如一九四八年所曾發生的基本種族問題又開始了。但彼此都能從邊緣上把自己拉回來。星加坡政府宣佈它未來的生存有賴與馬來西亞密切的合作。當菲律賓與馬來西亞爭奪沙撈越時，星加坡立即火速派遣它僅有的兩個兵團之一前往協防……

「各方面的領袖們都反映一致的意見，他們預言歷史、經濟、地理與民族種種因素都將證明，不可抵抗地，有一天星加坡將仍屬於馬來半島，沒人能說幾時，但可以相信，可以希望。……」

五十九年九月

在旅途中

雖然住在花木與綠地很多的曼谷，但繁忙的生活，也常令人忘了周圍的美好事物。直到開始為期半月的旅行，坐上火車，望著那旋轉著的無盡原野，與迎在面前一大截無所事事盡情遨遊的空白，這才彷彿讓心靈又進入了另一豁然開朗的新世界。

那廣闊的原野好像永遠看不厭似的，這使我想起一個故事。有個少女已病了一年多，她知道不會好了，但她說希望還能再看見獵戶座星從她窗前經過一次，結果竟未如願，她的愛人為此終身不看獵戶座星。當你面對自然越久，愈感到這故事的真實性。

旅行使人發現許多平時不曾注意之事，也令人想起許多很久以前便已忘了的事。人在這時不想看書——書只合躲在家裡讀——只喜歡一面瀏覽景色，一面讓思想任意馳騁。

但孩子們當然不能和我一樣，所以我多麼高興這次能有許多大小朋友同行，普賢姊、岱麗、夢霞姊、黃其鯤夫人、包琳、卡羅林、小弟……尤其我的丈夫，旅行是他交際的好時光，正如一本美國小說裡的男主人所說：「太陽、月亮、星星，到處都是一樣，只有人不一樣，假如你不去了解他們，就不如留在家裡擠牛奶。」至於獵戶座星，也只是掛在天體中的一個大皮球，總有一天太空人會爬上去的。

落日醇酒似的光輝浴著大地，美得醉人。記得蘇雪林女士寫的一篇〈畫〉就是描述落日之美，她原是畫家，但在為落日寫生時，卻只有欣賞、讚歎、欣賞、讚歎，以致直到餘暉散去，她才發現畫板上竟空無一物！當此頃刻，她連低下頭來畫一筆的剎那都捨不得錯過，寧可放棄捕捉永恆，這時的太陽跟我們平時看見的太陽實在很不一樣呢。

這是從曼谷經馬來西亞直達星加坡的國際快車，有臥舖設備，全長二千三百餘公里，經二日夜才到達終點。但我們因為中途要先繞檳榔嶼，再上金馬崙高原，還要訪馬六甲古城，所以只乘火車到泰國南部的合艾，也需十九小時。從首都往西南駛了一千三百多公里還未出國境，泰國真可以說是東南亞的泱泱大國了。

記得到清邁時只八百公里，卻駛了十七小時，因為北部多山，南部則是平原，一夜睡得十分安穩，不曾聽見火車爬坡的喘息。第二天上午十時，合艾從地平線上坦然相迎，

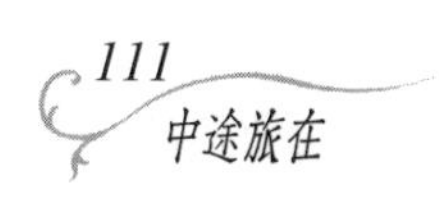

火車更是越奔越快，呼嘯著一路投向合艾那全無遮攔的展開著的懷抱。

合艾是泰南商業重鎮，屬宋卡府。早在一千三百年前，中國已知道南海有個「赤土國」，曾互通使節，就是現在的宋卡。從我幾番旅行泰國的經驗中回想，泰國經營北部與東南部、西南部等都已相當現代化，惟有中部腹地較差。合艾與東南部的尖竹汶一樣，物產豐饒，市容整潔，而且電視天線密集如林，物價比曼谷至少便宜了百分之五十。

宋卡府離合艾還有三十二公里，瀕臨南中國海，松林綿亙中，有非常漂亮的觀光旅社。市面雖不及合艾繁榮，建築卻更美麗高雅，街道寬闊而幽靜。

府境內有宋卡湖，水平如鏡，很有點像關渡淡水河上的風光，只是樹木更茂密些。出海以後，向左往曼谷，向右往星加坡。古時為了對付來自海上的敵人，恰好扼住海口咽喉的宋卡設有好幾座炮臺，如今這些炮口迎著密密的松林，早已失去作用而成為公園一景了。園中有許多灌木叢，都被綑紮修剪成各種飛禽走獸，由於葉子既細又密，顯得輪廓準確而精緻，唯妙唯肖。最美是那一排雙龍戲珠的欄杆，龍身被修成起伏的波浪，非常壯觀。

合艾也產榴槤，都是皮薄肉也不厚的小種，但直徑也有五六寸，一堆一堆地賣，四個只要十銖（合臺幣二十元），而風味之醇美，似也不比曼谷每個百銖的名種遜色。

這晚住在合艾的鐵路飯店，翌晨七時出發，換乘一部中型旅行車沿亞洲公路前進，從此開始了「未晚先投宿，雞鳴早看天」的生活。據說就在我們走過的邊界上，還只是今年五月間，馬來西亞的軍隊曾與馬共有過一場惡戰，至今還有哨兵密密地佈崗。

在合艾就發現和尖竹汶一樣，泰國南部許多商家都能說華語，八月十四日上午十時進入馬來西亞吉打州以後，更令我驚奇地發現幾乎無人不會說華語，小飯館的女主人一見說華語的來客就問長問短，使我竟有回到自己鄉土的感覺。

馬來西亞的橡膠樹園比泰國南部的更多而整齊，綠蔭蔽天，以致林下因無日光而寸草不生，彷彿經常有人在大掃除一般乾淨。而排場之偉大，不但天邊如薺都是橡膠樹，有時汽車一駛幾十公里，兩側全是橡膠樹園，並且樹椏一直伸到馬路上來結成了連理枝，車行其下如過涼棚，暑氣頓消，為之心曠神怡。

採膠人都是天亮之前點著火炬工作，先把樹皮斜斜地割開一條，裂口下掛一個小罐，便有白色的乳液流入罐裡，然後一一收集。待太陽上昇以後，樹膠就被蒸發乾了，所以當我們車過時，這些小罐早已碗口朝下，林中闃無一人。

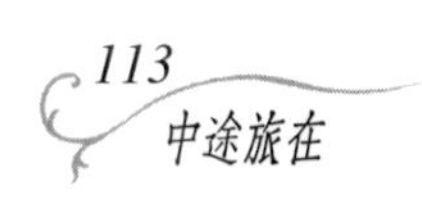

這些橡膠樹園因品種與年齡關係，也有高矮之分，矮種是最近研究出來的新品種，出膠較多。這些樹都要七歲以後才能採膠，十歲至二十歲是黃金時代，賣樹園時也最喊得起價錢（買主一定先問貴園幾歲），三十歲就不能再採了，因此也常看到被伐以後燒焦的大片樹樁。雖然現在已有人造橡膠，但彈性不及天然橡膠，特別是載重汽車的輪胎，非用天然橡膠不可。而且人造橡膠在製造輪胎時迄未能單獨使用，必須與天然橡膠羼用，所以種橡膠樹的園主前途依舊一片好景。這為馬來西亞換取外匯的最大資源，卻是六十年前由我國廈門大學校長林文慶博士與星加坡植物園主任李德禮共同試種成功，第一棵橡膠樹至今還供存在星加坡植物園裡。

十四日下午二時半渡海往檳榔嶼，渡輪外型如馬克吐溫筆下的密西西比號，古色古香，莊嚴華麗。上層載客，下層載車，每次可以渡車近百部，分四線道上船，動作快捷，而且經常有好幾艘往返於半島與檳城之間。

站在船頭便已望見檳城建築也是古色古香，那矗立港口的鐘樓，畫龍點睛似地把周圍景物襯托得格外典雅而又雄偉，它給我的第一印象便是具有高度文化水準的城市，格調高、氣派高，而最可愛的是房子並不太高。

當十八世紀時，這兒還只是一片荒島，因為英國要打開由印度通向中國的海路，派萊特上校以軍援為條件向吉打蘇丹取得了管理權。雖然檳城比後來發跡的星加坡還小，周圍只一百零八平方英里（合一百七十三平方公里，還不到星加坡的一半），可是當萊特上校於一七八六年登陸時，全島尚為叢莽所覆，連紮營的地方都沒有，萊特忽然異想天開，把銀元當做炮彈轟入森林，任土人紛紛泅上島去砍樹找尋，四星期後才開闢了一片相當寬闊的土地。以後慘淡經營八年之久，才逐漸有了規模，檳城的萊特街便是為紀念他的勞績而命名，廣場正中植檳榔樹一棵，作為檳榔嶼命名的象徵——檳城(Penang)原出於馬來語 Pinang（檳榔），是馬來亞特產的一種香料樹，果實如小毛桃，檳城在開發前，島上生滿此樹。如今已不多見，最多的是雨樹、榕樹、金杯樹、鳳凰木、大王椰及紫檀木等美化都市之樹，這使檳城街上終年花兒盛開，也可見當年在建設方面所下的工夫。

華僑協助開發的功勞也不可沒，檳城四十多萬人口中，華僑佔百分之八十五。入市以後，發現許多舊式民居的大門上都懸一橫匾，寫著「西河」「江夏」「高陽」「隴西」「敦煌」「渤海」「太原」等等，令人一見便知道這家人來自何處，頗有「系出名門」的尊貴意味。更高興的是還有「潁川」，那是我在童年時便已從家譜上看見的字，南方客家人的

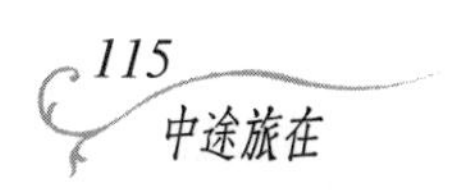

故鄉本來也在黃河流域，那正是中華文化的發源地啊！

昨天還在南中國海畔看夕照，今天又在印度洋邊看月亮上昇了。黃昏到大伯公廟，大伯公是華僑的開山祖師，墳山就在廟後。

廟前嘉木參天，廟側樹下有桌椅，小飯館送上涼拌銀蚶與烤螃蟹，更拿手的卻是福建炒麵。我們一面享受家鄉風味，一面款款而談，聽坡下海潮漸升，浪濤澎湃；看天邊明月初露，悠然意遠。腳邊有狸奴逡巡，簡直「夢裡不知身是客」了。

誰能相信我們是在國外旅行呢？滿目華文滿耳鄉音裡，許多事物都比臺灣的中國人更中國化，店家門前柱上還懸著小小神龕，貼著「天官賜福」，藥房漆著金晃晃的大字「參茸燕桂」，當我們離去前夕，對這可愛的城市作最後巡禮時，正值中元，大街小巷，家家門口都在祭祖、焚錫箔，處處動人歸思，充滿鄉情……我真迷上了檳城呢！

五十九年九月

檳城一瞥

除了「喬治城」濱海住宅區是一大片平地外，檳榔嶼也是一座馬路高高低低的山城。而最高的昇旗山海拔達兩千七百廿二英尺，乘纜車冉冉而上，迴望谷深樹密，鶯啼澗底，不時傳來幾聲清越的曉唱。

白雲如帶，徘徊腳下，還在沉沉地做著昨宵好夢，我們已悄然置身於「山在虛無縹緲間」了，可是檳山酒店的玲瓏樓閣，卻還不知仙鄉何處。下車以後，山徑上有許多賣花女，大理菊碩大如盤，秋海棠與聖誕紅等這些溫帶花卉也出現了，還有許多認不得的奇花異卉開得非常熱鬧。

山頂有回教清真寺，建築莊嚴肅穆，像大壽桃似的圓頂上豎一根長針，針尖上又頂著一勾新月和一顆明星，那是回教的標幟，寺內「環堵蕭然」，阿拉真主倒是的的確確「不

拜偶像」。另一座印度婆羅門教的寺廟則大異其趣，豔麗繁複，一層一層的屋頂上塑滿了神話裡紅紅綠綠的小人兒。

從山頂下望檳城全景，四面環海，美如畫圖，海邊有許多漂亮的別墅和旅館，真是宜山又宜海，難怪都說檳城是老人頤養天年的好去處，也是修行的好去處。因為在臺灣和曼谷都看不見真正能代表中華文化的深山古剎，這兒卻有。在極樂寺裡看見了久違的十八羅漢與四大天王。

極樂寺在檳城東北黑水村的鶴山，佔地三十英畝，建廟於一八九〇年，落成開光也已四十年，自山麓至山門有石級數百，中途佈置著花圃、長廊、噴泉與龜池，曲折有致，清幽絕俗。而規模之大，過了一殿又一殿，進了一園又一園，山頂還有萬佛塔，腳力不夠的人到了塔下已很不易，仰望法相莊嚴，只有自歎高不可攀了。聽說住持高僧卻是自臺灣請來，因為臺灣和尚的學問好，道行高。

蛇廟是檳城特有的奇觀。一座供奉「清水祖師」的道教廟裡，到處盤繞著大大小小的青花蛇，花瓶上、燭臺上、門楣上、廊廡上、桌下、梯下……到處都是。據說牠們都是「自動來歸」，不會傷人；若不撩牠，也不動彈。就這樣靜悄悄地伏著，天黑了才溜出去覓食，或就近吃廟祝預置地上的雞蛋，天亮便又溜回來「參禪」。

感謝那位伶俐的好司機，中午又把我們帶到峇都茅海濱去吃海鮮，與隔日黃昏的大伯公廟比較，後者富野趣，峇都茅卻另有一種淡掃蛾眉的風韻。

「峇」讀如「拔」，是華僑從馬來語譯過來的象聲字，許多「一世祖」娶了當地土女「娘惹」以後，都被稱為「峇峇」。至於「峇都茅」三字的意義如何，恐怕連最愛考證的「我的朋友胡適之」也弄不清楚了。

好在麗質天生的美景永不需要考證，恰似天趣盎然的文章永不需要引經據典一般。

這是一片很美很美的海灘，有整齊修潔的長堤、欄杆，與高大濃密的闊葉樹。坐在堤邊面對欄外濤聲帆影，令人發思古之幽情——那些美麗的淡赭色巨帆，三三兩兩泊於附近海面，在晌午的日影中，悄悄地映著碧天如洗，澄波如練；白雲悠悠過，海鷗款款飛。斯境斯情，只合出現在十八世紀的名畫裡，既沒有汽船馬達的噪聒，也沒有熱門音樂的哭嚎，只有海濤低吟與微風踏過枝頭的寂靜、寂靜……

迴望山坡，峇都茅酒店在群芳簇擁之中。花叢裡那幾棵熱帶樹美得有點邪門兒，比巴掌還大的綠葉像一條條女孩穿的百褶絲裙，綠得油亮，葉上灑滿了星星小點，還鑲著白色的「狗牙邊」呢。

酒店沒有門窗，只有雕欄，普賢姊憑欄喚我：「螃蟹熟了！」這才「走出名畫」進去用餐。不，我們仍在圖畫中，不過換了另一幅「聽濤小酌圖」而已；海鮮令人這樣百吃不厭，也正因為每次都有不同的情調吧？

誰說「進步」一定是好現象呢？檳城從某些方面來說是比較「落後」的，譬如大規模的觀光旅社不多，汽車也不多，但因此而有更遼闊的天地，空氣也還未被污染。又因它一度是大英帝國在東南亞圖發展的重要據點，在轉口貿易方面也曾有過黃金時代，許多建築都令人想起維多利亞女皇的英姿，巍峨的鐘樓，堂皇的市政廳，古意盎然而又皎潔如玉。

檳榔嶼本來就有「印度洋之玉」的美稱，濱海喬治城的住宅，每一幢都那麼精緻可愛，而且都沒有圍牆，只有矮矮的樹叢或短籬，與萬紫千紅笑靨迎人的花朵。家家門前都有兩條石凳，黃昏經過時，你可以看見婦人們悠閑地坐在石凳上閑話家常——唉，世界上居然還有這樣如夢如詩的生活！那該是一世紀以前的事了，這世界實在跑得太快了。

但這話並不意味著檳城不振作，反之，它是個最適於辦教育的城市，華文教育也很發達，可以一直到高中畢業。韓江中學、鍾靈中學都很有名，費用低、學風好，從泰國去的「留學生」很多。

像湄江運河兩岸一般，檳榔嶼也有不少漁民的浮家泛宅，但海邊的天地既闊，而且自成村落，非常安靜，還沒有招上「觀光災」——當我一九六四年經過曼谷時，運河兩岸居民一直是我羨慕的對象，如今從天亮之前就要忍受來往如穿梭轟炸似的汽船乾吼，因為參觀水上市場的旅客總在天亮前後出發，若我真的「如願以償」住在河邊，怕早已神經崩潰了。

檳城是馬來西亞的自由港，許多客貨國際郵輪都要停靠這兒，但還沒有沾上太多的商業氣息，仍然那麼淳樸而親切。由於一切貨物免稅，所以生活費用十分低廉，但我們並未在此大買洋貨，只吃了一些當地產的榴槤與澳洲蘋果，還有紅毛丹，肉厚汁多，每百粒叻幣一元（合臺幣十二元），吃得我們晚飯也放棄了，就趁日落之前僱兩部三輪去海邊慢慢兜風。

檳城三輪矮矮地，人在前面如坐輪椅，車伕在後面踏。汽車既少，開得又慢，無論大街小巷，都是一片寧靜，令人有充份的安全感，只管放心遨遊。

七十多公里的環海公路都是柏油大道，整潔寬闊，車輛也不多，路燈卻有四線，狀如支支高擎的白玉盞，纖秀而又典雅華麗，檳城夜景之美簡直世無其匹！對於偏愛溫馨與柔媚的人，德國萊茵與巴黎的塞納也得讓它三分哩。

路面都高過沙灘，有時海水就在堤下。沿路都種著大樹，並且築有美麗的欄杆、靠背長椅，上面坐著三三兩兩出來納涼的小市民，馬來人、中國人、印度人……每隔十幾公尺就有一座高腳酒杯似的大花盆，裡面種著白色的洋水仙、紅色的象耳花、藍色的毋忘我……沙灘也乾乾淨淨地，除了一二弄潮兒，既沒有小食攤，也沒有賣冰車，彷彿天生就留著讓人賞心悅目的。

我們和車伕論鐘點計費，每小時只叻幣一元，從黃昏逛到黑夜還捨不得回旅館。占正和令恬坐一部，我和外子坐一部，就這樣一前一後地逛著逛著，有時他們回頭對我們會心一笑，若我們快了一步，必停下來再讓他們。人地生疏，我一定要兒女在我視界裡心中才踏實。

路燈已亮起多時，繞著環海公路像四串乳白色的晶瑩珠練一般，近看又像一朵一朵玉立亭亭的百合花。海風漸漸涼了，椅上坐著的人也漸漸少了，我們才又折回街上，驟聞海港鐘樓悠然長鳴，如仙樂飄飄；仰望黑暗的夜空裡高聳著不斷旋轉的紅色燈塔，彷彿身在夢中。一面聽車伕仍在背後有一搭沒一搭地絮絮閑話，一面看著兩個孩子坐在車上顧盼談笑那副歡喜滿足的神情，覺得上天賜我許多美好的事物裡，恐怕再沒比這更幸福的了。

真盼能在檳城多住幾天，然而明日便又天涯，當我們的旅行車又駛上那艘古色古香的渡輪，站在船尾望著可愛的檳城竟如海市蜃樓一般漸漸退去。惆悵踟躕，難以言狀，誰也不知日後是否還能再覓屐痕；茫茫世事，渺不可期。這樣美的城市，一瞥已該滿足，它在我回憶中如此值得留戀，實在也因是與丈夫兒女同遊，且將美景長留心中，孩子們一定也會珍重曾與雙親在這兒共度的好時光吧？

五十九年九月

金馬崙與吉隆坡

離開檳城再遊太平湖，景物雖也秀麗開朗，可是和檳城一比，便覺景物和人一樣，不管多美，難在「美」之外的一種風韻——那種風韻乃由歷史、文采，與精神的內涵，種種因素形成。秉此以求，「以街道乾淨房屋整齊冠於馬來亞的第三大城怡保」就更平凡得令我失望，於是意興索然地繼續趕路。下午三點到了金馬崙山麓，司機在這兒加油，並請眾人下車喝冷飲，進盥洗室，這意味著前面還有一段艱辛的旅程。

金馬崙高原 (Cameron Highland) 久已聞名，海拔六千六百英尺，從旅遊刊物上看到的照片，想像高原上遍地花朵，竟是何等光景？我們簡直是以朝聖的心情上山。

從山麓到山頂一直以「之」字形或迴旋前進，路長六十七公里，在彎道錯車是常事，而且雙方都開得相當快。眾人被繞得頭暈目眩，紛紛入睡，只我提起精神仍在左顧右盼，沿途見有很大的人工湖及長橋，據司機說山頂有水力發電廠和英軍營房、直昇飛機等。居民以種茶、種菜、種花為業，所以茶山、花圃、菜園很多。菜園規模之大，有時整個山頭都是甘藍或大白菜，高原氣候雖在盛夏也只攝氏十五度，因此，這些菜蔬既嫩又肥。

我們投宿於海拔五千二百英尺的海崙飯店，已是高原第三大鎮。下車時已七點鐘，濛濛細雨，陰寒襲人，恰似臺北的初冬或仲春，既冷又濕，全無逛街的興致。晚餐後趕快洗個熱水浴就寢，這時才發現屋樑上歇了許多蒼蠅——吃飯時便有蒼蠅打擾，飯館職員說金馬崙蒼蠅是聞名的，不料連臥室也被牠們毫不客氣地先佔據了。

山麓正是盛暑，高原上卻越睡越冷，雙層毛毯仍不夠暖，這時非常想念臺灣那條大厚棉被。翌晨出發再上行數百碼，司機囑把窗戶搖上，而且下車時必須動作快捷，隨手關門，原來要參觀菜園了。由於菜園是用的有機肥，蒼蠅之多，即使乘客們竭誠合作，還飛進車廂好幾十隻，車頭上也像芝麻餅似地全部黏滿。

我奇怪這些蒼蠅何以能在十五度的氣溫之下生存，而且和那些蔬菜一樣長得既肥又大，大約這種抵抗力量是累積無數代才養成的，上一代犧牲了，下一代卻由於習慣一點而能活得更久一點，於是一代比一代結實，而這「無數代」並非很長的時間，因為泰絲大王湯普森在此失蹤只是三年前的事，我不相信他爬六十多公里的迴旋路上金馬崙高原只是為了看蒼蠅。

聽說叢林中有過著原始狩獵生活的沙蓋族，更遠一點還有赤身露體茹毛飲血的生番，但想起泰絲大王的悲劇，我們都收起了好奇心。下山途中又參觀了花圃，規模很大，可是也許最美的花兒恰被採光（他們的花兒是外銷的），那景致還不如「吾家蘭苑」可愛。但曾見比巴掌還大的蝴蝶，像用厚厚的黑絲絨裁成，翼上點綴著孔雀藍與翡翠綠的斑紋，若非牠們正在翩翩地飛著，你會以為那是上帝假手於人的藝術品。

下午四時抵吉隆坡近郊，遊壽星岩黑風洞。洞在半山，如一頂巨鐘罩了下來，拾級而上凡二百七十層，坡度很陡，望而生畏。我只是隨便走走，不敢希望一定到達洞口；可是行行重行行，居然還是到了洞口。兩面削壁如天然屏障，苔蘚叢生，天風峭厲，直欲令人凌空飛去。

鳥兒在腳下穿梭如織，俯視山麓人物都成了三寸釘。石級中途有牌樓數座，上面雕滿了印度婆羅門教的神話人物，有騎著孔雀的千手神、象頭人身神，充滿玄想。洞裡很寬闊，垂著許多鐘乳石，由於洞頂有裂罅，洞內相當明亮，供著一座漆黑的神像，頸上掛著花環，大約是梵天王吧？所謂黑風洞還在右側，入口既暗又狹，觸鼻是蝙蝠糞夾著霉濕的氣味。

六時到達吉隆坡市區。自入馬來西亞國境以後，至此已跑了縱貫馬來半島一半的路程，印象中到處都是康莊大道，光滑平坦，其直如矢，往往一跑數十公里不見彎道。兩旁樹木之多而美，都不像是十年之內經營起來的成績；但路面保養之完善與清潔，卻又像昨天才舉行過通車典禮一般。雖然馬來亞曾被英國人統治了一個半世紀之久，但這新建起來的首都一點也看不出英國人統治的遺跡。

此外是回教清真寺很多，因為馬來西亞以回教為國教，影響所及，和它接壤的泰國南部也有許多人信了回教，為我們駕駛的司機就不吃豬肉。還有就是綠地多得令人吃驚，尤其進入八打靈衛星市 (Petaling Jaya) 以後，廣闊的大地上幾無一寸黃土，連河邊的草地也青翠欲流，據說法令規定，所有工廠建成以後須先鋪好草皮始能開工。

吉隆坡的確不愧為馬來西亞聯邦的首府，而翻譯的也真妙，Kuala Lumpur 與 Singapore 原文並不一樣，可是和星加坡一樣後面兩字都譯成「坡」，的確兩處都是山城，四線大道迴旋於山坡之上，汽車卻能任意奔馳。住宅如此雅緻，環境如此清新，當人們坐在棚下等候公共汽車時，就像安逸地坐在公園裡一般。

路上居然有「華語歌曲比賽」的海報布招，聯邦政府與郵政總局、最高法院、中央銀行、吉隆坡火車站等等，都令人想起東羅馬帝國時代的拜占庭建築，纖秀華麗而又宏偉莊嚴；和伊斯蘭回教堂一樣，這種建築的格局無疑是被回教徒帶來的。特別是伊斯蘭回教堂，淡粉紅色的牆上鑲嵌著淺藍灰色的飾紋與大大小小的圓屋頂，襯著綠色的椰林真是清雅出塵。馬來婦女皮膚黑黑地，明眸皓齒，婀娜多姿，她們的傳統服裝與泰國非常相似，窄窄的長裙配著窄腰長袖上衣，但更豔麗熱情，看上去火辣辣地。所以從另一角度去揣摩時，年輕的馬來西亞在文化上亦復散播著古典的芳香。

馬來半島的民族和印尼群島一般，以馬來人為主，華僑也很多。公元四世紀時，印度人的勢力最先進入東南亞，曾在蘇門答臘和爪哇一帶建立了許多印度化的國家，七世紀時出現過一個室利佛逝大帝國，今日馬來西亞的彭亨、丁加奴、吉打、吉蘭丹幾州都曾是室利佛逝的屬國，並以吉打作為室國在馬來半島的行都。這時正值我國唐代貞觀年間，室國曾屢次遣使朝貢，僧侶也有往來，至唐末時，吉打更成了東方世界的貿易中心，所以馬來西亞本來也有他們燦爛的古代文化的。

至於回教勢力進入東南亞，並在蘇門答臘與馬來半島取佛教而代之，卻是十五世紀初由於中國商人與回教商人貿易的結果。繼蘇門答臘之後，馬六甲王國（今日已是馬來西亞之一州）的國王宣佈信奉回教，因為他娶了回教公主為妃，以後他又把自己的公主嫁到彭亨和吉打一帶，竟使馬來人都成了阿拉真主的子孫，可見通婚的影響之遠大。

馬來亞於一九五七年八月三十一日宣佈脫離英國統治而獨立，它本身面積便有十三萬一千七百平方公里，人口約七百五十萬，包括十一邦計雪蘭峨、霹靂、森美蘭、彭亨、柔佛、吉蘭丹、丁加奴、吉打、玻璃市、檳榔嶼、馬六甲，主要出產除橡膠外還有錫。一九六三年九月十六日又聯合星加坡、沙勞越、北婆羅洲組成馬來西亞聯邦，總面積共三十三萬三千六百零二平方公里，人口共一千餘萬。星加坡在兩年之後又脫離了，所以如今只剩十三州，但國旗上新月旁邊的那顆大星星仍只有十一支角。

和檳城一樣，吉隆坡的許多住宅都沒有圍牆，這顯示治安情況良好。我們住在太平洋酒店，黃昏到街上去吃馬來人的「沙碟」，那是一種五味俱全的用竹籤串起來的烤雞或烤牛羊肉；吃印度人的烘餅，竟像北平人的烙餅；還吃客家人的蘿蔔燉牛肉，孩子們說：「啊，跟大舅母燒的牛肉完全一樣，好香喲！」

回想昨夜金馬崙的生活，就更覺得吉隆坡之可愛，於是我甚至懷疑這是旅行社的詭計——離開檳城以後，若不先讓我們吃點苦頭，又怎能欣賞吉隆坡的好處呢？世上許多事物是需要「對比」的。

然而吉隆坡確是很了不起的，它有它的氣派。它是馬來西亞政治靈魂之所寄，是一個新興大國正在朝氣蓬勃蒸蒸日上的具體象徵。如果吉隆坡是覆在馬來西亞額上的一大塊光華四射的鑽石，檳城只是她小指上的一枚玲瓏玉環，事實上，它倆之間也沒得好比的。

五十九年十月

馬六甲古國

馬來人在馬來半島上所建立的第一個強大王國是十五世紀初的馬六甲王國。那年蘇門答臘一位王子兵敗後，逃經星加坡沿海岸往北撤退時，發現海邊有一大片平原，既可停泊船隻，又利於防守，便住下來成了開國之君。

馬六甲建國以後，頗受北部暹羅的壓迫，在三保太監鄭和下南洋之前，明成祖曾先派宦官尹慶為特使到達馬六甲。國王乘機訴苦，尹慶表示願意支持，於是馬六甲乃派代表隨尹慶到中國修好，在以後的數十年裡，中國對馬六甲也的確盡到了保護的責任，而馬六甲王國最強盛時曾擁有整個馬來亞的版圖。

馬六甲之強大，乃因它本身在經濟方面很得天時地利，港灣吃水既深，又是季候風的起點和終點。古代船隻是靠季候風航行的，中東、歐洲、印度、中國的商船，都在不同的時間，乘著不同的方向的季候風到馬六甲去，卸貨裝船以後，又等著相反方向的季候風回航。所以馬六甲一度是古代的世界貿易中心，中國的絲綢、瓷器，埃及的玻璃，占碑的象牙，印度的棉布，錫蘭的珍珠，摩鹿加群島的香料，以及馬六甲當地的錫米魚肉鮮果等等，應有盡有。由於人民富庶，也有閑情打扮居所，馬六甲曾經是東南亞的花園城市。又因國王首先宣佈以回教為國教，馬六甲還有「小麥加」的美稱。

馬六甲王國的厄運從十六世紀開始，後來英國人對馬來西亞的統治，雖然也是為了殖民與拓展勢力，多少還講究一點體面，不像葡萄牙與荷蘭那種巧取豪奪的可怕與可鄙。這古代的「東方花園城市」在異族的一再燒殺蹂躪之下，已把精華耗盡，而馬來亞那些樸質忠厚的蘇丹，既愛朋友，又無機心，還在接受永無休止的種種「文明人的野蠻剝削」。

從馬來亞的歷史，便知吉隆坡湖濱公園高地上那座國家紀念碑，對於馬來西亞具有多麼深刻的意義——幾百年來飽受白種人欺凌的馬來人，終於又有了屬於自己的獨立國家了！因此，馬來西亞對於危害獨立的一切活動都很敏感，也特別恐懼，這是巫華之間恆為野心家挑撥離間而發生一些困擾的原因。其實作客異鄉的華僑，絕大多數尊重並愛護當地的政府，都樂於與人為善，但求大體上過得去，實在是最容易相處的一群。他們只盼自己祖國爭氣，本身甚少關心政治──否則東南亞早就是中國人的了。

所以中共正在積極滲透，但能否如願，華僑的意志歸趨佔著很大的比重，而他們早已以居留國為第二祖國，其忠貞不容懷疑，馬來人也與叢林中的共黨游擊隊作戰已二十年。紀念碑上的雕塑是七座銅像，每座大小相當於真人的四倍，全部戎裝。最上面的一位手執鮮麗耀目迎風飄揚的馬來西亞國旗大聲疾呼，號召全民在馬來西亞的旗幟下團結一致抵禦外侮。旁邊兩位一持左輪，一持手提機關槍正在射擊，表情極為鎮定凝重。中間一名扶著受傷的伙伴，滿臉沉痛，傷者也心有未甘，形之於色。下面是兩名倒斃的馬共份子，一名仰著，帽子已覆住了眼睛，另一名仆於仰著的身上。

那五位壯烈的馬來西亞軍人都穿著皮靴，揹著背包，雕刻完全寫實作風，一刀一鑿都充滿力量，仰望令人肅然起敬，尤其掌旗的那位姿態特別英爽威武，有人說是青年時代的獨立第一屆總理東姑阿都拉曼，如此動人的作品，雕刻者必是名家。

銅像下有四十五平方英尺的黑色大理石座，高達二丈（連銅像共五十一英尺），石座正面鑲嵌著雙獅扛盾於星月之下的金、紅、白三色國徽。兩邊有馬來文與英文的鏤金獻詞：

——獻給為和平與自由而戰的英勇鬥士，阿拉真主降福他們。

下面還有一行：「團結就是力量！」

紀念碑下遍植燦爛的花朵，周圍有非常廣闊的白石平臺，而這平臺又座落於巨大無比的馬蹄形水池中。池底用黑白二色的大理石鋪成，水清如鏡，映著廣闊的稜形方格，更予人澄明、剛強、偉大的感覺。

平臺附近水面有銀鑄的巨蓮，繞以噴泉，從池邊直到前面的長階也有很遠的距離（全部佔地十二英畝），後面弧形的池邊，恰好造了一座弧形的美麗長廊，那是專為無名英雄而設的精緻的回教堂。無論近看、遠看、分開看、合起來看，都令人感動，逡巡留連，不忍離去，再襯著周圍花木蔥蘢，晴空萬里，除了懾人心魂的日出，世上竟還有這樣美的境界，美得令人只想膜拜，真是不朽的傑作！

馬來人擅染一種花布，名叫「巴的克」(Batik)。這種蠟染技術起源於印度，四世紀時便已傳入馬來半島，在我國唐代也有蠟染品出現——當然也是與佛教一同傳來的。

蠟染之製作是先將石蠟溶解後繪在棉布上，然後染色。布上受蠟部分不再吸收顏料，除蠟以後，花紋就顯出來了，極富於裝飾趣味。而馬來人的「巴的克」之特色，是無論添紅加綠，萬變不離其宗，總以褐色為主要的基本色，非常有個性，圖案也充滿玄想，有些設計很能引人入勝。由於是手工藝，價格很貴，兩碼半長的「巴的克」，至少美金四元，上品貴至美金數十元。

民族博物館和國家紀念碑一樣都築在高岡之顛，汽車從山麓大迴旋而上，氣象先自不同，遠遠地就望見牆上繪的巨幅壁畫，那色彩令我一眼就想起了他們的「巴的克」。

顯然馬來人對這種藝術十分引以為傲，但除了色彩以外，壁畫的內容與風格又與一般的「巴的克」全不一樣。那是介紹造船、漁獵、織布、陶瓷、打鐵、耕種等等馬來人的傳統生活；其繪畫技巧是埃及壁畫與現代繪畫揉合而成的產物，既抽象，又寫實；既通俗，又典雅。製作技巧是極細的莫薩伊克（嵌瓷），有一種粗糙的和諧感，既耐久，也不怕雨淋，真是了不起的慧心！

博物館建築是灰白色的牆上覆著淡紅褐的重疊尖頂，也令人想起馬來人的高腳屋，但兩側伸出去很長的披屋，壁畫就在兩面披屋的牆上，下有噴泉與彩燈，大門前面還有兩座擦得很亮的銅炮。

館內自然科學的陳列部門，儼然世界一流博物館的格局。在這兒看盡了熱帶的草木蟲魚、奇禽異獸，給我印象最深的是手掌般大的知了，拖著長長的尾巴的鳳尾蝶，頭上頂著「無線電天線」的霸王蟹，翅膀展開有三尺多闊的各種飛狐，那種沒有尾巴的簡直就是一張六角形的飛毯……

孩子們在這一部門逗留最久，我卻比較注意文物，看到一八九七年便已在吉隆坡創刊的華文《廣時務報》，只有四開張大小，用正楷印刷，內文有現在的三號標題那麼大。看到馬來人用牛角片串成的細腰緊身戰衣，兩隻短袖用細銅環密密編成，很像今日仕女們用尼龍花邊做的衣袖，還裝飾著兩片用銅環編的軟翻領呢。

古代的馬來男孩都要行割禮，蘇丹王子也不例外。那是一件很隆重的大事，才五六歲的小王子坐在一頂小花轎裡，花轎被馱在一隻漆得金碧輝煌的神鳥背上，神鳥的長腿下兩隻巨爪踩在兩個大鳥蛋上，人們抬著鳥兒走，前面有樂隊，後面有侍從，還跟著一位大臣前往監視，以免小王子因疏忽而受到意外的傷害。

馬來人的樂器與暹羅人的大同小異，都自印度傳來，精緻的樂器本身就是一件藝術品。譬如那把烏木月琴，西瓜似的圓肚，亮得像用黑寶石琢磨而成，鑲著一圈發珠光的貝殼邊，一柄彎彎的長頸，托在美人玉手中時，慢撚輕攏，欲笑還顰，看看已夠顛倒眾生的了。新娘花轎是用染色草蓆編成的軟轎，輕便舒適，轎頂覆著椰葉。蘇丹的站臺如中國皇帝的龍床，戴一頂紅絨繡金花的大斗笠如遮陽傘。馬來人的皮影戲內容，也與暹羅的歌舞啞劇用的同一故事──印度最古老的文學名著〈拉瑪雅那〉──戴著高冠的是英俊的蘭姆王子，那位婉孌多姿的美女是被樹神撫養長大的雅克公主希達，齜牙咧嘴的是忠誠的猴子將軍哈祿曼……就藝術的影響而言，可能整個東南亞都是得之於印度的較多。

還有那些木刻，兼具非洲人的粗獷樸拙與他們自己的纖秀空靈，一直迷戀非洲雕刻的畢卡索如果來此又該改一下作風了。通過博物館去認識一個國家，不只增加了解的深度，也使我在第二天下午過馬六甲時，有如見故人的感觸。只是這飽經滄桑的馬來古國惟見市廛湫隘，海濱荒涼，劫後佳人更那堪遲暮，只剩下那片馬六甲河依稀似威尼斯水城風光。但想起吉隆坡的容光煥發，儀態萬千，我知道馬六甲也已是博物館裡的陳跡，只合在夕陽下回憶光榮的過去，馬來西亞早已把它遠遠地抛在後面，正在大踏步地迎接更輝煌的未來！

五十九年十月

現實的理想國

從馬來半島腰上的吉隆坡駕車一直到半島盡頭的星加坡，這段旅程是漫長的，所以我們早晨七時便已出發。上午還精神抖擻，下午便困乏了，尤其經過十天曉行夜宿的生活以後，大家都有同感。

麗日當空，氣候也熱起來，一路上常見紅毛丹樹結實纍纍，色彩比花還美。更有村民在樹下搭棚，把紅毛丹一串一串地掛著出售，這些果實剛剛離開枝頭，既大又圓，鮮潔可愛，引得既倦又渴的旅行者垂涎欲滴，於是停車下來大買紅毛丹。還有一種用嫁接法培植出來的黃毛丹，風味更美，皮剛撕破就有果汁迸了出來。若非馬來亞離長安太遠，當年驛馬傳荔枝給楊貴妃時，一定也少不了黃毛丹。

馬來半島共十一州，我們這次旅行過了八州，進柔佛州以後，景物漸漸不同，有許多鳳梨田與棕櫚園出現，後者是新興事業，滿山都種著矮矮的棕櫚，所結果實用來搾油製高級肥皂。

柔佛的女學生都穿著長袖直腰的過膝白袍，下面還曳著水藍色的長裙，乍見很有點像我們唐宋仕女的服裝，只差沒有束腰，頭上還頂著一方白巾，走起路來嫋嫋婷婷，風姿綽約。男學生則是白衣白長褲，頭上戴著小花盆似的黑絨無邊帽，也很英俊。

當司機快活地叫著：「騰寥！騰寥！」（泰語「到了！到了！」）遙望星加坡還隔著一條柔佛海峽。車沿海峽疾駛，海邊樹色蒼翠如屏，掩映著寶藍色的海水那邊，夕陽下的星加坡如戴珠冠，簡直是蓬萊仙境。柔佛海岸的樹下有石凳石闌供人閒坐，料星加坡看柔佛亦嫵媚，這樣美的畫圖，彼此竟日都看不足！從亞洲公路上過來，星加坡給人的印象格外先聲奪人，不同凡響，還未到達已教人心移神馳了。

柔佛與星加坡之間築有長堤，五年前星馬分治以後，長堤兩端雙方設有關卡，不但要驗護照，還要查行李。但我們出柔佛時，治安人員笑著一揮手就讓我們過去了；入星加坡後，海關人員聽說是從中華民國來的，與我們略一交談，也免查放行。

入市已將天黑。八月九日是星加坡獨立開國五週年紀念，我們抵達時已是八月廿一日，滿街滿樹還亮著紅紅綠綠的小燈泡，把星加坡打扮得珠圍翠繞，喜氣洋洋。

我們下榻於一家印尼人開設的考彼特旅社（Cockpit Hotel），地址在歐恰路附近的山坡上。Cockpit是飛機上的駕駛艙，旅社主人可能非常得意於該地視界之遼闊，其實旅社本身一點也不像駕駛艙。反之，這是一家花園飯店，曲徑通幽，噴泉潺潺，頗有園林之勝；草坪路邊都綴著晶瑩的小燈，入夜把草兒照得更綠，花兒照得更豔。屋前有很寬的亭臺與書桌矮几，既可乘涼，又可讀寫，還可以在那兒會客，完全是印尼家庭的情調。侍者也是印尼裝束，戴無邊黑絨帽，穿黃制服，圍一方紅色的三角巾在腰間，我們簡直是住進了印尼的蘇丹王宮哩！

在星加坡有幾位華僑朋友，以致餐敘、看廠，佔了不少時間，但我們還是逛了花白山、虎豹別墅、胡氏玉屋（胡文虎兄弟的藏玉）、國家劇場、博物館、植物園。臨走的前一天去瞻仰晚晴園。國父中山先生當年曾住在這兒籌劃武昌起義。並承陳孟康夫人之邀，陪我們乘汽艇在海上繞星加坡一周，近看遠看，星加坡給我的印象深刻極了。

六年前我曾來過星加坡，記憶中那時就是滿眼碧綠，市容整潔，這番再來，由於當局重建都市與房屋計劃之成功，天地驟然更寬闊了，樹木和花卉也更繁茂了，數不清的漂亮的廉租平民大廈，像觀光旅社座落於大公園裡一般，舊道已不復辨識。治安之良好，使許多住宅都不用圍牆；空氣之清新，彷彿置身於高原上的黎巴嫩；幫著吸碳排氧的濃密樹木，顯然有助於都市上空之淨化。當我們站在友人宅前遠眺時，只見山坡下的汽車和山坡上的蛺蝶一般忙碌，但也像蛺蝶一般寧靜，完全沒有想到這兩件東西居然可以這樣和諧地並存。

以前李麗華拍〈風雨牛車水〉那部電影的唐人街「牛車水」，一向是攤販區，和臺北的萬華一樣髒亂，如今也全部拆光而改為六線大道——說來洩氣，文明古國的炎黃子孫一直與髒亂結不解緣，如今總算有人替我們爭回一些體面，星加坡即使不能說是「全世界最清潔的都市」，至少可以說是東半球最清潔的都市。

最近幾年新落成的廉租平民大廈都在二十層以上，而且自成社區，一切日用品無須外求，居民既不必為了採買而東奔西跑，連帶也減少了交通的流量。每一區的地下都是停車場與公廁，後者有專人管理以常保清潔，但每次使用須交一角叻幣的維持費（合臺幣一元三角五分），地面上第一層全是店鋪，政府在核准時已分配好店鋪的性質，以能供應各種需要為前提，因此沒有整條街都是電器行的現象。二樓是公司行號的「寫字樓」（辦公室）及成衣店、飯館等，三樓全部是兒童遊樂場與風雨操場，四樓以上才是住宅，裡面的孩子有福了。

六年前完成的那些十六層平民住宅，本來前面停滿車輛和攤販，如今也統統移到後面，而在原地種了成排的大樹，還設置石凳、花盆，並且住宅前廊不准晒衣，連「萬國旗」也不見了，氣象一新。勤奮的國家也和勤奮的主婦一樣，以至美至善為目標，永遠有做不完的事，從汽艇迴望岸上，起重機和打樁機忙個不停，星加坡仍在繼續進步繁榮之中。但這是有計劃的發展，像照料孩子長牙似地，隨時糾正，在發展過程中已同時控制了畸形現象，這是當政者值得讚美處。星加坡目前人口二百萬，平均每平方英里住著一萬人，密度已經很高，但看上去還有很多發展的空間，尤其是難能可貴的成就。

李光耀秉政已十一年，他那對內反共，對外不結盟的政策，至少為他帶來了暫時的安定，使他得以在短期內先改善貧民的生活，以消滅醞釀共產主義的溫床。再加上市政方面的飛速建設，星加坡已使國際人士刮目相看，星加坡人對他們領導者的敬愛也與日俱增。華文已和英文、馬來文、印度文同列為官方使用的文字，從去年開始，英文學校也把華文列為必修了。

雖然星加坡在工業化的目標上還未盡如理想，其經濟來源大部分仍靠碼頭收入及轉口貿易，而且今後還要面臨許多挑戰，譬如英軍全部撤退以後所可能發生的後果，以及英軍基地最後封閉時所發生的失業問題等等。但李氏仍然充滿樂觀，據說他的政府已在著手研究廿一世紀星加坡人口增至四百萬時的超級市場、氣墊船交通，以及公園之設計了。可見李氏的確也擁有一些能夠高瞻遠矚的人才而善用之，即使一個小國，無論領導者有多麼能幹，也不是只靠一個人就唱得起一臺戲來呢。

我的男孩占正說，星加坡能有這樣的表現，也因它的地盤很小，正合乎古希臘哲學家柏拉圖理想國的要求。其實柏拉圖說理想的國家所應包括的人數，是在召集攏來的時候，不超過一位演說者聲浪所及的範圍；那時還未有擴音機，即以古代雅典劇場建築那樣的合乎科學化，其聽眾也不會超過十萬人，如此相形之下，星加坡還太「大」了。

柏拉圖的意見，曾獲得許多古希臘學者的支持，認為假使一個國家中的公民都可互相會見，互相熟悉，共同參加城市的宗教的儀式，出席公共戲院，欣賞寺廟與公共建築，並且以最高的熱忱來愛護自己的城市，那是「可讚揚的」。其實小國比較容易治理，固然也是事實，更重要的還是政風與民風。假如會而不議、議而不決、決而不行，連十幾個人都弄不出結果來，又怎能求之於一個那怕是小小的國家呢？

我不敢譏笑古希臘的學者們天真得近乎迂闊，他們沒想到馬可尼發明了無線電，使理想國可以變成無限大，連帶把世界也攪得越來越麻煩；更沒想到三千年以後的人類根本用不著「出席公共戲院」，不但對「欣賞寺廟」缺乏興趣，連坐在家裡也非看看殺人放火不能過癮，至少他們所「讚揚」的那份情操已是另一個星球上的故事了。

幸虧星加坡沒在這方面浪費時間，為了重建都市，新蓋起來的六層大廈說拆就拆，他們幾乎是以孤注一擲的決心去推行政策，實現理想，而百分之八十的華人以外還有百分之二十的馬來人和印度人，以如此複雜的民族成份，卻能像瑞士與比利時一般各族和睦相處，眾志成城，在左傾份子伺機而動虎視眈眈之下贏來舉世欽佩的美譽，實在是很不容易的。

離星加坡前夕，我們又逛到深夜才回旅館。這兒沒有三輪車，我們只是在寬闊平坦的人行道上躑躅，街燈把地面照得像大理石那麼白，空氣裡氤氳著花木的芬芳。除了偶然經過一兩部汽車，路上靜得可以聽見蟲鳴。

翌晨四時便又出發，將以一天時間越過吉隆坡趕到怡保投宿，占正則在我們出發三小時以後，由星加坡直飛臺北轉大阪，因此反而是他送我們上車。在「印尼蘇丹王宮」

門前，滿天繁星之下互道珍重，含淚出歐恰路，星加坡夜景依舊璀璨，海關人員揮手讓我們出境，迴望長堤盡頭，「星加坡歡迎你」的霓虹燈還在黑暗的夜空裡閃爍。

昏夜過客雖稀，柔佛海關的關員們仍在燈火如畫之下端坐以待，五分鐘就完成了入境檢查。沿著柔佛海峽，星加坡還「戴著珠冠」隔著椰林海水追蹤了我們好一段路程，當車子最後沒入橡膠樹園的濃黑中時，採膠工人已在秉燭採膠了。

令恬與哥哥一直形影不離，平日又笑又鬧，這時一路都未出聲，恍惚若有所失，朋友們似乎也分沾了我們的沉默與惆悵。天將曙，回顧右方，驟見一顆碩大的紅球自地平線跳了上來，美豔無比，周圍立即也被暈上一層淡淡的胭脂。我見過海上日出的波瀾壯闊，也見過山上日出的雍容喬麗，如今又看到林中日出的水木清華；原野之晨特別令人感到上帝真是「與我同在」，教人對這世界永不失望，願人類澄明的智慧能使青山不老，綠水長流。這時離星加坡已一百四十公里，我兒應已在赴國際機場途中，國家也好，個人也好，讓我們先學習星加坡那孤注一擲自強不息的精神；留美也好，回國也好，讓我祝他如初昇之日，無論從那兒上來，都能貢獻一分光熱，母親總是一樣欣賞，一樣喜愛！

五十九年十月

附錄：「中副小簡」

敬啟者：敝人係一香港居民，我是非常敬愛我們的祖國，故每年返祖國一行，考察業務及拜訪各親友。自從五十五年第一次返祖國時，拜讀《中央日報》之〈中央副刊〉後，感到各種的文章，精彩萬分，返港後立即訂購，閱讀迄今，已有數年之久，今日拜讀十月九日之〈中副〉內鍾梅音女士所寫的〈現實的理想國〉文章後，有一點我必須要提出特別申明，在文中所提及的星加坡的Cockpit Hotel，不是印尼人所開設的，是我們的同胞華僑所開設的，姓何，並且是敝人之好友，還有此Cockpit一字翻譯，應該是鬥雞場，並非是作飛機上的駕駛艙之解。同時此旅館的商標，也係二隻雞作正在爭鬥中的狀態，而且敝人剛由星加坡返回香港，而每次赴星加坡時，總是居住在此旅館中，此次敝人寫此信之意，並非替朋友做廣告，亦非是指鍾女士報導之錯誤，而是要讓祖國的同胞們知道，我們的同胞（華僑）在海外這種光輝的成就，不應該由印尼人來冒頂。專此即祝

時祺

敝人香港居民啟　五九、十、九

編者先生：

頃閱香港居民先生對拙作有所指正，甚為感謝。惟關於 Cockpit 一字，因當時未注意旅館有鬥雞商標，歸來後查字典，總覺那美麗高雅的旅館如以「鬥雞場」為名實在有點滑稽突兀。直到某日讀航空小史 *Flight to Victory*，其中有好幾處提到駕駛艙時都稱之為 Cockpit，這才「恍然大悟」那座旅館的命名一定與其視界 (View) 有關，不料反弄錯了，特再申明我對譯事之鄭重，並非「無心的錯誤」。順祝

文祺

鍾梅音謹啟　十月十八日

大羚紀這麼說

我們手上各拿著一個茉莉花環——向門前那位賣花老婦訂做的特大號，花環下有五根流蘇，墜著美豔極了的五朵紅玫瑰，擠在看臺欄杆邊等著，又擔心著。

剛下過一場大雨，天上還有雨意，氣候也特別反常，「老蕃古」們都說曼谷從未在旱季時節出現過這樣的天氣。去年還有人誇口，說現在若會下雨，那種可能就和史前的冰河時期再度來臨一般稀少。而今年，只是半個多月之前還鬧過水災，跑道上的積水剛剛退去不到一週，一場大雨，又到處是水潭了。

我從不看運動會，因為從小就與體育無緣。直到亞運開始比賽的第三天，才被家人拖去：「你總得看一次，送到面前來給你看你都不看，以後你要後悔的。」我們到達已是下午三時半，場裡正在比賽擲鏢槍、扔鐵餅，隨著選手們的表演，觀眾們時有喝彩。

她提著一個包，遠遠地，從那邊門外孤零零地進來了，悄悄地站在一角準備參加四時即將開始的二百公尺短跑複賽。只一會兒就被眼尖的觀眾們發現了，看臺上立即揚起一陣又一陣的熱烈歡呼和掌聲。

她穿著白色無袖運動服，大紅緊身長褲，側面有兩條白邊，身材修長，在草地上不斷地做柔軟操，又起來做輕快的小跑以活動筋骨，好整以暇，從容不迫。我雖看不清楚她的臉，但我確知她一定是充滿笑容，因為那小跑的姿態是如此動人，纖秀靈活而且高貴優雅，全身輕得好像沒有一點重量，腳底卻又富於彈性，雙臂的揮動與兩腿的跳躍，線條之美，彷彿飛舞在愉快的春風裡，值得世界一流畫家們仔細觀賞以留下永恆的印象，的確無愧於「東方飛躍的羚羊」之美譽，那實在是天地間至美的藝術！

她跑了很久一段時間，我真耽心她把力氣用完了怎麼下場參加比賽？想著想著，忽然發現她不見了，這邊已有八位計時員坐上斜梯嚴陣以待。槍聲起處，也不知她們從那兒鑽出來的，一個個像箭頭似地飛過來了，我卻可以毫不費力地立即認出，那兩腿裏著繃帶還領先一大截的就是紀政！

這天曾補行隔日百米短跑的金牌頒獎禮，實在難忘國旗升起、國歌奏起那一刻所給我的感受。那時已五點多鐘，在此之前，我們聽了太多的日本國歌，聽得令人生厭！以色列的國歌很悲壯，但也很悽涼，印度國歌像唱小調，還是我們的國歌動聽，那位作曲者是不朽的，從那泱泱大國之風的旋律與和聲聽來，中華民國是充滿希望的，在異國聽見自己祖國的國歌，我和許多僑胞一樣都流淚了，後來報上說戴著金牌的紀政也流淚了。

今天是四百公尺與二百公尺的決賽，我們一方面為紀政的傷勢擔心，為惡劣的氣候擔心，也為可能看見祖國的國旗再度升起、國歌再度奏起而興奮，我們焦灼地等著、等著，我想，等紀政從看臺下走過，當我們把花環擲向她時，要先喊她一聲，可是「紀政」兩字的發音不夠響亮，對了，英文報都稱她「大羚紀」(Darling Chi)，我們預備喊：「大羚紀！我們愛你！」

紀政卻從草地上走過去了，我們怕扔不到那麼遠，只略一猶豫就錯過了機會，想不到只是頃刻之間，我們也再沒機會表達這番心意了。

四百公尺的起點換了地方，今天她一直在右邊那頭練小跑，但跑得不多，濕漉漉的草地也使她未能躺下做柔軟操。很快地，比賽就開始了，她們從右邊竄過去再繞回來，大羚紀的兩條大腿還裹著繃帶，跑得很緊張，但仍一直領先二三十公尺。

她在內側第二跑道，由於地勢關係，水潭也特別多，經過我們面前轉彎處的大水潭時，她輕輕一跳，那雙長腿就跨了過去，只是，似乎一點也不意外，經此一跳，步伐立即不穩，我旁邊一位來自星加坡的男孩忘了他自己的選手，只捏緊他的馬錶使勁揮動拳頭，從大羚紀轉彎時就聲嘶力竭地喊著：「紀政——加油！紀政——加油……OH! NO! NO——」可憐的大羚紀真的仆倒在地了，這鏡頭令我想起芭蕾舞裡的「天鵝之歌」，沒人想到眼看即將到手的金牌，只心疼她不知傷得怎樣，離終點只差五十多公尺，直到她倒下時還領先了二十多公尺！

無數開麥拉立即圍了上去，當人們扶起她時，《星暹日報》採訪主任楊柳女士問道：「紀小姐，傷得怎麼樣？」大羚紀雖在萬分痛楚之中仍然神志清明：「啊，痛得很！可是我的心更痛！我對不起祖國，也辜負了僑胞的期望！……」她掩面而泣，哭得好傷心。當人們擁著她出場以後，那位為她不斷加油的星加坡男孩轉過頭來淚汪汪地看看我，我也滿眼是淚，拍拍他的肩膀，把花環往椅子上一扔，忘了彼此都是陌生人。

紀政一走，雨也來了，許多觀眾都留不住了，我們也隨大家出場。回頭再看，跑道上空蕩蕩地，看臺前面幾排座位也空蕩蕩地，只一對茉莉花環躺在那空椅子上任雨淅淅瀝瀝地淋著。

× × ×

這是十二月十三日那天，我個人參觀亞運的經過，從當時情況看來，觀眾們既惋惜，又不忍，絕對同情紀政，然而輿論是是非非，直到我執筆時塵埃還未落定。是否天氣、跑道，也該負責呢？還有四百公尺與二百公尺決賽被排在一頭一尾，如果顛倒一下，是否我們就可多拿一面金牌呢？還有結婚消息的走漏是否真的曾在賽前困擾她？這麼久以來，只有別人說的，我們從未聽見紀政自己說一字。

終於在她離開曼谷前一小時，我聽見她說了。

跑的時候並未下雨，所以天氣沒關係。國家運動場的跑道是很好的跑道，也沒關係。她在水潭上跳了一步不為躲開那水，而是在起跑五十公尺以後左腿肌肉已經開始拉緊，到水潭邊時竟抽搐起來，那條腿既已不聽指揮，她雖試著跳了幾步，仍無法完成數十公尺最艱苦的衝刺，終於倒了下來。

至於四百公尺與二百公尺如果顛倒一下，可能更糟，因為短跑遠較長跑激烈，所以最難的還是一百公尺，而她已奪得金牌，若非舊創復發，四百與二百兩項金牌是穩拿的。

當一百公尺得勝以後，她曾與瑞爾教練說：「這是上帝的意旨要我繼續參加比賽。」她用英語再重複一句時，瑞爾立即補充道：「憑她那樣的創傷，在別人是根本不可能參加比賽的，而她辦到了。」

於是紀政又說，十一月十四日在美國練習跳遠時，她的左大腿便已受傷，這是一種肌肉的拉傷，與普通的扭傷不同，當它一旦發作時，人們不能想像是怎麼個痛法，因為部分的肌肉組織被拉斷了。

雖然，這種肌肉的拉傷在運動員是常事，經過相當時間的休息就可痊癒，但如繼續練習卻會加重。她在國外遇到這種情形立即退出比賽，可是這次不同，因此，從十一月十四日以來，她一直徬徨不定：回來呢？不回來呢？瑞爾見她如此煩惱，便說：「還是去吧，亞運開幕還有一段時間，如果到時傷勢已好而人在美國，你會更煩惱的。」於是懷著沉重的心情毅然上路。

到曼谷後，恰好遇上了郭培權這麼一位好醫生，每日為她悉心治療，好了很多，於是決定出賽。在一百公尺決賽之前她曾沉痛地說：「千般得失，只此一跑 (It's all or nothing)，若這次敗下陣來，我將從此退休！」一百公尺實在太激烈了，全部要用衝刺，她是

抱著不成功便成仁的決心上陣的。

奇蹟居然出現，她成功了！

她說，與歐美人較量很難，一個個都長得高頭大馬，體能營養都比她好得多；與亞洲人較量則不太難，既然又能跑了，她原準備為四百公尺創下一個最高的亞洲紀錄，高到永不能為別人輕易打破的紀錄。我想大羚紀這句豪語不是事後隨便說的，瞧那星加坡男孩只顧為中華民國選手加油，並非他不希望自己的選手奪得金牌，只因他明知大羚紀在亞洲是無敵的！

但她跑得太多了，三天下來已跑了五次，摔倒的那次不算，三場都是白跑的，而每跑一次，傷勢加重幾分，無論怎麼高明的治療也追不上這麼劇烈的摧殘，到四百公尺決賽前夕，腿先痛了一夜，十三日一早起來就找醫生。至於結婚消息的洩漏，不能說毫無困擾，但相反的使她奪取金牌的心更為急切，她說：「若我能夠再拿三面金牌，同胞們就不會怪我結婚了。」因此雖經醫生嚴重警告，本應退出的比賽，她卻孤注一擲，生死以之！

所以十三日出賽之前，大羚紀心情的沉重是可以想見的，下場時她不敢像隔日一樣多跑多練，也正因恐怕還未出賽而傷勢已然發作。從這一切經過看來，這次瑞爾教練在比賽方面不曾給她絲毫影響，若依他的主意，根本不能出賽。然而他做了一件笨事——選在曼谷結婚。

他們並非不可在曼谷結婚，但應在亞運結束以後，八年已等了下來，為何不能再等八天？兩件原是風馬牛不相及的事，只因日期排得太近，就被攪和在一起了。

也許在一個美國人看來，結婚是私人的事，而大羚紀雖已二十六歲，但在美八年，練習、比賽、讀書，填滿了所有時間，對人情世故，可說一竅不通，全未想到茲事體大，入境須先問俗，且找幾位體面人士商量一番。不過做人也確不易，假如牧師都靠不住，焉知就不會商量出毛病來？即使還未成事，照樣滿城風雨。

當然這裡面也夾了許多複雜成份：觀念問題、立場問題、感情問題……譬如一般的美國人結婚都很簡單，除了牧師，觀禮者往往不過知友三五而已；泰國僑胞結婚卻是大場面，要下經年累月的準備工夫，難怪有人以為紀政是為結婚而來了。中泰通婚不算和異族通婚，中美通婚就看不順眼了。一個平常女子嫁美國人也沒人注意，可是賈桂琳嫁給希臘船王，美國記者照樣的受不了。

所以，我們的大羚紀不要難過，縱有委屈，也該逆來順受，所謂愛之深，責之切，只因她是我們的國寶。結婚雖是私事，可是一位運動員既經政府悉心培植而成了保持四項世界紀錄的國際體壇熠熠明星，眾望所歸，她已不再屬於自己，她是屬於國家，屬於大眾的。《世界日報》社長李惟行先生說，僑胞們最關心的還是紀政的國籍問題，她已表示國籍不改，一九七二年的世運當然仍可代表中華民國出賽。

有人說紀政是被我們寵壞了，其實未必。她給我的印象非常質樸，脂粉不施，短褂短裙，穿一雙高統皮靴，矯健婀娜，風致天然，而說話聲音細細輕輕，在運動場外另有其女性嬌媚的一面。包括瑞爾教練，他倆都是書生本色，沉默寡言，只是欠缺世故也不大會取悅於人而已。惟其瑞爾既老又沒錢，正可證明大羚紀的愛情十分純潔，八年相處，亦師亦友，且對紀政照顧得無微不至，我們也無話可說，而世上夫婦有甚麼比志同道合更可羨呢？

我們的政策倒該重新檢討，從這次的亞運發現，我們實在擁有許多優秀的運動員，經過十幾年的「惡補教育」還能有這樣的成就，更是奇蹟中的奇蹟！希望今後我們能在國內建造夠水準的運動場，把國外一流教練聘來作普遍的培植以造就更多的人才，像日本人似的，金牌既已成了家常便飯，就不會再產生這樣的悲劇。恰好前幾天欣聞教育部已另成立體育司與師範教育司，讓我們先為此三呼萬歲，那麼，讓我們就腳踏實地的去做吧！

五十九年十二月十七日寄自曼谷

附錄：撼人心弦一剎那

季　薇

這篇亞運參觀記，不出自體育記者筆下，而出自一位散文作家的手筆，這不是奇蹟，是很幸運的巧合。使我們很幸運地看見，通過藝術的手腕，所記敘的體育史上的大事。一九七〇年亞洲運動會，是一九七二年世界運動會的前奏，在本質上，先天就是一件大事。「東方飛躍的羚羊」代表自己的國家出賽，是全球矚目的大事；她得到一面金牌，是大事；她失去三面金牌更是一件大事——因為那是十拿九穩的，如果不是腿傷復發，不是一跌的話。

綜合這許多因素，寫這樣一篇報導文學，也不是一件小事。而自幼與體育無緣的鍾女士，完成一件與體育直接有血緣關係的創作，且具有文獻價值，就去年的散文界來說，也真是一件大事。（作者按：此文之寫作，實因受我國駐泰大使館新聞處之重託，中夜受命。）

關於紀政出席亞運的事，在新聞報導方面，出現在文字、圖片、電視、和廣播上的，究竟有多少字數、多少張數、多少時間，一時恐怕無從統計清楚。一般說來，新聞報導的特性是迅速和確實，如果在細膩和生動上來說，〈大羚紀這麼說〉這篇文字，是很傑出的。

因為，我們不但從紙面上清晰看到紀政出賽、領獎、受創前後經過，最感人的便是把當時現場的情況、氣氛，都用「蒙太奇」的手法，很突出的表現出來，這是必須具有高度的藝術修養才能辦到的。

當天電視實況轉播，在螢光幕上所見到的，在這篇文字裡都有，而若干螢光幕上所沒有的，一支巧妙的筆，一一都補充了。

首先值得注意，本文作者在不露斧鑿痕跡的手法下，很奇異很成功地完成了心理的刻劃和描寫；所刻劃所描寫的，卻不是個人的心理，而是全體中國人的心理——強烈愛國心的表現。

——那一個特別訂做的特大號茉莉花環，和幾乎已經到手的四面金牌，相互輝映，這是很強烈的心理描寫，著墨不多，但是火熱的愛國心，像一支火把那樣熾烈地在燃燒，在直覺上就感觸得到。

這篇文字，有這樣一個美極了的開頭，以一連串文字，環繞著愛國心，行雲流水似的發展下去。

描寫紀政出場的一瞥，用筆很平靜，卻包涵著濃烈的感情，從「遠遠地，從那邊門外孤零零地進來了」，到滿場陣陣歡呼和鼓掌，總共不到一百字。文筆簡鍊自然到這種程度，確是高手。

以下兩大段，大概三百字，描寫紀政的衣著、動作，和作柔軟操，以及兩百公尺出賽，直到最後，才點出兩腿裹著繃帶，並且領先一大截，這才點出「她」就是「紀政」，筆力開始加重發揮。這種節制和奔放，是不簡單的——正如一根發條，捲緊了之後，突然放開了，銳不可當。

接著插敘補行頒獎，紀政領獎這一段，不到兩百字，而因在異國看見青天白日滿地紅國旗冉冉升起、徐徐飄展；聽見莊嚴肅穆和平的國歌奏起，中華兒女誰個不熱血沸騰，誰個不熱淚直流！僑胞、祖國，所有中國人緊緊熔化凝結在一起！

中華民族，是優秀的民族；中華民國，應該是一等的強國！

那個花環，想丟而沒有來得及丟出去，這是一個伏筆，一個遺憾的伏筆。

緊接著是四百公尺開賽，那第二跑道內側，那些要命的水潭，那傷心的一跳，大羚紀遙遙領先，但不幸仆倒。全場、全球都驚動了！

「啊，痛得很，可是我的心更痛！」

全文發展到這裡，是最高潮。用來描寫的文字比重也最大，差不多佔了八百字。

那個美麗的花環，扔在空椅上淋雨，空蕩蕩的跑道，籠罩在陰沉沉的雨腳下，那也是令人永遠難忘的一刻。

然而，我們就認輸了麼？就因此而洩氣了麼？

以下的兩千多字，是心情由激動而平靜之後的冷靜的分析和檢討，雖然表面上相當理智，而仍然蘊藏著真摯的熱情。綜合各方面的議論，分析主觀客觀情勢，從紀政的傷勢、出賽、生活、婚事，都具有很中肯的觀察評釋，公誼私情，面面俱到；有若干詞句，真是春秋之筆，結論仍是國家的榮譽重於一切。

對於紀政個人，更是大姊關切小妹那樣的關切，勉勵加上同情加上摯愛。

對於國家體育事業的期勉，更是語重心長，希望實心實意、實事求是，一致推行全民體育。愛國的摯忱，表現得多麼深刻而踏實。

三呼萬歲，要我們大家共同努力爭氣，因為中華兒女畢竟是優秀的！

這樣一篇集敘事、抒情、說理於一爐的文章，讀來流暢，寫來可並不省力。行文穿插、倒敘，有幾個轉折，始終抑制著強烈的情感，文氣自始不衰，不失是力作。

不是平面的，而是由幾個大塊和大面塑合起來的立體，而大塊大面的接合，需要高度的技巧和腕力，在接縫的地方，又找不出痕跡——因為它不是鉚釘鉚的，也不是水泥糊的；是用氫氧吹管銲接的，而那氫氧吹管的熱度和熱力，來自強烈的國家民族之愛。

按：本文作者為名散文作家季薇，發表於六十年三月《自由青年》四十五卷第三期專欄「精選散文欣賞」。

暹羅復國英雄鄭昭

中國人做外國的國王並非史無前例，譬如元世祖忽必烈汗的姪孫就做過波斯大帝國的國王，但以霸道取天下，不但外國人不服，中國史家也從未恭維過他們。可是泰國吞武里王朝的國王鄭昭，曾為泰國創下自由獨立的永世基業，在泰國為人們如此愛戴，在國內竟也鮮為人知，常令我耿耿於心。

關於鄭昭的故事，以往並非沒有人提及，只是若非略而不詳，便是缺乏史筆的審慎。而在泰國，可惜也沒有傳述鄭昭的英文專著，我只讀過幾本提到鄭昭的書：一、美國歷史學家羅納史密斯主教寫的《暹羅史》（*History of Siam*, by Ronald Bishop Smith），二、泰國策格拉蓬親王寫的《帝王生活》（*Lords of Life:A History of the Kings of Thailand*), by His Royal Highness Prince Chula Chakrabongse of Thailand），三、泰國教育部編的《地理和歷史》，四、泰國作家乃猜鑾寫的《泰國之史實》（*Facts about Thailand*, by Churan Thephasdin）。

史密斯主教對鄭昭的戰役有較多敘述，但不夠詳細。乃猜鑾對鄭昭的態度相當惡劣。策格拉蓬親王對鄭昭雖很尊重，但由於立場關係，只承認鄭昭「戴過暹羅的王冠」，並未把他當作「泰國的國王」而加以詳細的描述。倒是泰國教育部的那本書，至少對鄭昭的功績予以公正的定論，對於鄭昭後來何以落到以悲劇結束也有較為明朗的交代。

綜合這幾本書給我的印象，儘管只是些斷簡殘篇，說法也不盡相同，但仍令我感到事實並不如以前國內那些文字寫的那麼簡單。

鄭昭原名「信」，泰國人稱他為「帕昭達信」，即「至尊聖王信」的意思，從這稱呼上，可見他曾受到泰國人的愛戴程度。泰國語文的文法有點像英文，常把名詞倒置，在半世紀以前，人們都是有名無姓，再加上以訛傳訛，變成鄭昭。

鄭昭是廣東澄海人，父名鄭鏞，本是鄉間佃農，因為生計困難，遠涉重洋來到泰國謀生。

那時泰國還沿稱暹羅，是中南半島（又稱黃金半島）的富庶大國，有歌謠為證：「田中有粟，河中有魚，取之不盡，食之無竭。」暹羅人根本不知饑餓為何事，真是人間天堂。首都阿猶地亞又名大城，建築富麗，商賈雲集，是當時暹羅的政治中心、宗教中心、文化中心、商業中心……西方的冒險家、傳教士、商人，經常乘著貿易風駕船東來，船隻可以從海口進入湄南河直上大城。

大城是名副其實的大城，在十八世紀初便已有百萬人口。阿猶地亞王朝已傳了四百多年天下，其間雖然一度亡於緬甸，但十七年後就復國了，代有賢君，不斷建樹，三保太監鄭和統率巨舶六十二艘，將校二萬，七下南洋作友誼訪問，正是這一朝代的盛事。鄭鏞抵步已是該王朝末期，自那萊萱大帝復國後直到那時，沒有任何敵人碰過大城的城門已達一個半世紀之久，邊界沒有外國的侵擾也已達四十五年之久，國勢鼎盛，一切藝術也達到了顛峰，正是泰國歷史上的黃金時代。由於歷代君主都與中國保持密切聯繫，對華僑特具好感，所以當時在湄南河畔經商的華僑已經很多。

鄭鏞起初在一處「礱廊」幫忙「挨礱」；換句話說，就是在舂米場推磨，華僑業「礱廊」的很多。可是聰明人不會長此推磨，幾年之後，他熟悉了當地情況，又學會了暹語，居然進入國庫擔任稅吏。

一個國家最可怕的敵人不是憂患，而是長久的安逸，大城王朝末代君主之父巴羅麥王，在國勢鼎盛時居然鬧窮，並且飲鴆止渴地以徵斂賭博稅來充實國庫，獻策的人就是鄭鏞。他因為這一具有「創造性」的獻策而被任為大城籌餉官，又因實施以後果然奏效而得進出宮廷，儼然新貴。

鄭鏞於富貴以後才與暹女諾央結婚，於一七三四年（清雍正末年）生鄭昭。所以鄭昭的童年十分幸福，養尊處優，雙親寵愛，還拜了一位財政大臣為義父，他十三歲入宮為侍衛，就是由這位義父引見的。

鄭昭生而穎慧，器宇不凡，七歲延師教中文，九歲入寺為沙彌。那時的暹羅，寺廟就是學校，和尚就是老師。當他十三歲入宮為侍衛時，其實是做小王子烏敦邦的遊伴，另一位侍衛就是後來的拉瑪一世，那時才十歲。所以鄭王與拉瑪一世是從小同在宮廷長大的總角交，史稱他們不但是好伙伴，也是好朋友。

小王子烏敦邦有弟兄，但只留下他與大哥，當中七個全被殘酷的父王賜死，以防來日互相爭奪王位。儲君應是長子，而烏敦邦竟得倖存，可見他是極得父王寵愛。果然一七五八年巴羅麥遜位時，宣佈因為長子才能不足膺此重任，而把權杖交給了小王子。

小王子知道哥哥不服，登基才兩個多月，便將王冕讓與哥哥，自己遁入寺廟修行以明心志。這位哥哥就是阿猶地亞王朝的末代君主葉格達。

從巴羅麥王遜位時起，緬甸人就向暹羅發動攻擊，打打停停持續了長長的九年。第一次兵臨城下是一七六〇年六月，烏敦邦王子曾被請回來擔任統帥，並予敵人重創。但事後葉格達王給他弟弟的報酬，卻是把一支出鞘的劍擱在大腿上坐著接見他。烏敦邦王子會意，立即回到寺廟，當一七六五年十二月緬兵再來時，怎麼請他也不肯露面了。

那時鄭昭已是達城府尹兼甘烹碧市的市長。由於他勤奮好學，能通中國、暹羅、越南、印度等好幾國的語文，尤其暹文與印度文的程度，使他後來能把與荷馬史詩齊名的印度古典文學名著——四萬八千行的神話長詩〈拉瑪雅那〉(Ramayana) 改寫一部分為暹文的〈拉瑪格嚴〉(Ramakien)，其關於戰爭場面描寫之生動，一直為泰國學者所激賞。

鄭昭不但勤奮好學，也饒勇善戰，入宮數年就升為羽林軍，又因積功擢升為騎兵隊長，他雖做過烏敦邦王子的侍衛，也很受葉格達王的信任。暹羅以佛教為國教，每一成年男子都要入寺薙度，現在是為期三月，以前要三年。在廟裡除了研讀經典，還要接受政治與軍事的基本知識。鄭昭廿一歲再度入寺，還俗以後就被派往達城先做一名地方上的小官，不久又升為達城府尹，治績斐然，備受人民愛戴，因此三十歲時又兼任甘烹碧市長，這兩處恰似我們古時的甘肅，乃暹羅西部的邊防重鎮。

一七六五年雨季過後，緬軍四萬餘人分三路進軍大城，經過達城與甘烹碧的一路因有鄭昭防守，大敗而退。但另外兩路卻像秋風掃落葉一般的順利會師於大城郊外。附近村落雖有部隊出來迎戰，都被各個擊破，隨即包圍大城。

城內守軍也曾出擊數次，但僅獲小勝。第二年五月，一位名叫披披特的王子（巴羅麥王的姪兒）從廟裡還俗，建立起一萬人的部隊，卻被三千緬軍打垮，王子逃往呵叻。葉格達王希望雨季來臨以後將迫使緬人退兵，但失望了。緬軍在周圍高地架起砲臺，並且征集大量民船，準備面對洪水繼續圍城。

這時的葉格達王等於坐困孤島，披披特王子已經完了，烏敦邦王子又請不出來，只有命鄭昭放棄達城與甘烹碧前來協助衛戍京畿。只是大城以外，各府尹若非懦弱無能，早被緬軍打敗；便是擁兵自保，作壁上觀。鄭昭幾番出擊，雖有豐富戰果，終因沒有外援而被迫退回城內。

九月間，大城作了最後一次大規模出擊，派戰船一百六十艘，由六千人操縱，每船有三座加農砲，帕差布里將軍與鄭昭分任指揮，竟被擊敗，帕差布里當場戰死，殘部紛紛逃回大城，鄭昭也以未能對友軍作有效支援而受處分。更兼宦官傳令每次開砲反擊須先奏稟，以免使王妃們受到驚駭，鄭昭處境日窘，知道大城前途已經無望，便在一個暴風雨的黃昏，帶了五百名中泰混合的心腹兵員，騎馬從東門殺開一條血路往南奔去。

緬軍主帥蘇基，發現突圍的是鄭昭，急派三千人馬追擊，竟被鄭昭脫身，可是緬甸人做夢也沒想到，就憑這麼一支小部隊，竟能發展為一股光復暹羅的力量。

鄭昭離開大城不久，大城就淪陷了。

那是一七六七年四月七日的事，雖然君王如此昏庸，最後又失去主帥，大城軍民在孤島似的危城中仍然困守了十四個月之久。而且，若非宦官賣國，先著人放火在一夜之間燒去民房萬幢，攪得人心大亂，緬軍還不致就此破城。

緬軍入城以後瘋狂地劫掠燒殺，葉格達王逃往城外時死於亂兵手下，王子貴族大臣（包括那位拒絕再出來督師抗敵的和尚王子烏敦邦）以及屠後餘生的百姓，都被拘往緬甸為奴，流放囚徒數達三萬。阿猶地亞王朝四百多年歷代精心建設起來的文物（僅僅寺廟就有四百多所）都被燒燬殆盡。至今我們前往大城憑弔遺跡，還可看見許多白石大佛光濯濯地坐在露天之下或躺在荒林中。

原來百萬人口的大城，經此浩劫，只剩了一萬多人，在西方只有羅馬人最後一次打垮迦太基時曾似這般徹底，歷史、文學、藝術，包括整個泰國的文化，看來就此永劫不復了。

可是大城以外，還有五支小部隊在活躍，其中二支屬於早已在大城危急時宣佈「獨立」的府尹；一支屬於披披特王子，他在呵叻住了下來，已被稱為「披邁王」；一支屬於「和尚王」范，軍官士兵都披黃袍；另一支甚麼都不是，卻常向敵人進襲也最慓悍、最受老百姓歡迎的，領導人就是鄭昭。

他從那次暴風雨中出奔，餐風宿露，一直來到三百多公里以外的羅勇府，在泰國東南部。這片廣袤的土地雖很荒涼，但也正因如此，緬軍勢力還未伸展到那邊。羅勇與更東面一百多公里的尖竹汶盛產魚蝦鮮果，非常富庶，實在是反攻復國生聚教訓的理想基地。鄭昭一面與緬軍作戰，一面號召各鄉人馬共衛鄉土，他的英名與勇敢的行為，立即又鼓舞起暹羅人的希望，紛紛投效，華僑參加的也很多，所經之處，大家都自願獻出糧食和武器，使這支小小部隊日見擴張。

尖竹汶的府尹起初對鄭昭很友善，後來見他勢力日見擴張，又如此得人心，便想把他誘到尖竹汶去「共商國事」，然後乘機把他殺了，不料事洩，被鄭昭制敵機先，連夜襲擊尖竹汶並殺了那位府尹，接著又佔領柬埔寨邊境的海口特拉德，於是整個暹羅灣東岸各府都在鄭昭控制之下了。

鄭昭就在這片土地上加緊訓練海軍，並在三個月內趕造戰船百艘。鄭昭準備復國的消息很快地就傳遍暹羅，各地官民都興奮地期待著，只等他一起義，立即來歸。

就在大城陷落那年的十月，緬甸人忽然又跟寮國過不去，迫使中國人從雲南出兵干涉，於是緬甸人不得不為了抵抗中國而削弱他們盤據在暹羅的力量。鄭昭立即號召復國，這真是從未料到的千載一時的好機會，值得試試。雖然那時他只有戰船百艘，海軍五千，加上騎兵也不過萬餘人，但他不願再等，於是誓師出發，從暹羅灣進入湄南河，分水陸兩路，一舉而攻下吞武里，先殺了傀儡國王昭通因。

緬軍先派蒙亞將軍抵抗，大敗。主帥蘇基逃往大城以北的緬軍基地三普墩，鄭昭乘勝追擊，在三普墩有一場極可怕的猛烈戰鬥，蘇基當場陣亡。然後鄭昭再回頭光復大城，並將所有失土全部收復，從誓師出發到完成任務，前後不過兩個多月。

歷史上很難找到同樣的例子——一個國家被破壞得這樣徹底，卻在半年後就光復了。雖然對鄭昭本人來說，他是在上一年的雨季將完時突圍，秣馬厲兵也花了一年多的時間。而中國出兵干涉緬甸侵犯寮國，顯然縮短了他的反攻計劃，其情報工作之準確迅捷，使他得以掌握時機，在交通不便的兩百年前，尤為難能可貴。不管是時勢造英雄，或英雄造時勢，反觀另外四位擁兵自重的首領卻毫無作為，暹羅人感戴鄭昭的赫赫武功與解救的恩德，一致奉他為暹羅王，實在也是很自然的結果。

這時大城已是一片廢墟，鄭王不願勞民傷財地去修復它，便將首都改在吞武里，並著手恢復秩序與繁榮。這不是易事，農田已數載欠收，一七六八年末鬧過一場瘟疫，更是每況愈下，必須組織大規模的捕鼠隊，同時必須餵飽饑餓的人民。錢被大量地倒出去換取國外的糧食、種籽，漸漸地，人們的安全與財產恢復了，不法者得到嚴懲，葉格達王的屍骨被掘出來火葬，並舉行佛教的超度儀式。鄭王仍以無上的敬意事奉前朝的王族，還替他們主持了好幾位公主的婚事，一面請高僧入京講經，重整道德，並設法統一暹羅。

吞武里與現今王朝的首都曼谷只隔一條湄南河，至今我們仍可在吞武里看到古城舊

址。鄭王當年的宮室只是夠用而已，他從未有時間顧到個人的享受。他不但統一了暹羅，並且把曾經侵犯過暹羅的鄰國都收為藩邦，當他去世時，暹羅版圖包括北部的景邁，寮國，東部的柬埔寨，南部的半個馬來亞，比現在的泰國還大了幾乎一倍。

鄭王去世時才四十八歲，策格里將軍（後來的拉瑪一世）四十五歲。關於他倆離開宮廷侍衛之職以後的行蹤，有兩種說法，一說曾一同自大城突圍，一說策格里將軍並未參與保衛大城之役，那時他正擔任洛甫里的府尹，後來才加入鄭昭麾下的。不管怎樣，策格里將軍後來成了鄭王最倚重的左右手，屢次出征都建大功，所以鄭王早在去世六年以前便已把兵權交給了他。

事情是這樣的，暹羅既已獲得柬埔寨的宗主權，難免也會干涉人家的內政。那時柬埔寨很不安定，王子與貴族之間時起鬥爭，叛國者且有越南為後盾。一七八一年，叛國者竟把高棉王拉瑪拉加關入鐵籠投入河中，鄭王見鬧得實在不像話，決定派策格里將軍率領大軍前往鎮壓，並且監視一位新王在呑武里王朝的贊助之下繼位。

策格里將軍這次去時，除了他的弟弟（也是鄭王所倚重的一員大將），還有鄭王的儲君同行，據說準備這次遠征歸來，就要繼承王位。

有人說儲君即將繼承王位這一動機，可能是變生肘腋的導火線。儲君才幹如何？缺乏資料可供揣測，但有個這樣出色的父親，兒女便有才幹也拿不出來，也決不是兵權早已在握的策格里將軍的對手。然而，如果說以策格里將軍這樣的聲望日隆，居然從未想到取而代之，也是矯情。他能奇蹟似地一直「等」到四十五歲——須知那時的「人生七十古來稀」，一個人沒有多少個「六年」的——也正是他很難得的地方。就連策格拉蓬親王也提過這麼一件往事：「當吞武里王朝建立以後，緬甸仍不時前來攻擊，緬甸老將瑪哈屢敗於策格里將軍，但由於緬軍的良好裝備，也往往能再克服失地。雙方相持不下，瑪哈請求單獨與年輕的三十九歲的暹羅將軍會面。在停戰安排下，雙方會面於馬背之上，互相自我介紹以後，越過壕溝，瑪哈說：『緬甸希望征服暹羅的日子已過去了。』他在稱讚對方的才能之餘，預言策格里將軍有一天將成為一國之君王。這意味著這位老將已在策格里與鄭王之間撒下離間的種籽，甚至已被接受，策格里可能是帶著一種新的極大的野心離開這談話場地的，但也沒有明顯的形跡證實這種臆說。」

而真正的事變起於大城，看來似與策格里將軍風馬牛不相及。原來大城光復以後，有以發掘民間的藏金為業者，許多淪陷以前埋下去的財物都沒主了，便有人要求劃區取得發掘的專利權，利之所趨，爭端紛起，而取得專利者對於工人極盡剝削，於是若干沒有爭到專利的貴族就藉暴民起鬨，鄭王派桑卡將軍往大城鎮壓，不料桑卡反而加入對方，回師吞武里逼宮。鄭王的忠心衛隊本要誓死抵抗，但鄭王恐累及無辜百姓蒙受損失，嚴令制止——也許他已想到功成身退，此其時矣，立即下詔遜位，可惜已經遲了。

因為外面的情況並不如此簡單，原來各府尹對於未來暹羅國王的人選，一致屬意於正在柬埔寨的策格里將軍，但起事的桑卡將軍不服，於是又改變計策，想借鄭王的力量打擊對方，又把鄭王的姪兒從監獄中放了出來，造成混亂局面。

卻說策格里將軍這一行人還在中途，傳聞吞武里已「爆發革命」，鄭王且已退位下獄，桑卡將軍控制京城，對將來有些甚麼計劃則迄未宣佈，策格里將軍聞訊立即騎著大象兼程趕回——若住過泰國並且看過大象在山林中的表演，便知大象跑起來照樣飛快，而且騎象比騎馬看上去更神氣，因為象脖子上還坐著衛士。

當策格里將軍引兵回朝以後，桑卡見大勢已去，只好交出一切，但還是被正了法，因為一個正常的朝廷不會容忍叛國者的。

鄭王被宣佈因為神經失常不堪執政而必須處死，臨刑時，他沒有一字抗辯，只請求能親自向他心愛的將軍告別。這時策格里將軍（已是拉瑪一世）正遠遠地站在帳篷下望著，當執事的人前往請示，他滿眼是淚，哽咽不能出一語，只揮手讓使者離去。他和鄭王是從小在宮廷裡一同長大的好伙伴、好朋友，曾經一同入寺為沙彌，一同擔任烏敦邦小王子的侍衛，大城陷落後，又一同出生入死，反攻復國……彼此應是情逾手足，那眼淚一點也不假，但是甚麼使他們落到這樣的處境呢？

假如莎士比亞復生，這是最理想的悲劇素材，雙方都值得同情，史密斯主教也不以為策格里將軍曾經圖謀篡位，只是對於鄭王的結局表示遺憾。可是放下前朝的恩怨不談，僅以理性去看歷史，我們必須承認世上只有妄人，沒有超人，他倆實在都是了不起的人物——一個能忍，一個能讓，緬甸瑪哈將軍撒下的離間種籽一點也沒發生預期的效果，對於整個國家來說，他倆都已盡力也盡了本份。

慚愧的是「我們自己中國人」，原來鄭王雖在位十四年，但從未被我們「天朝大皇帝」所承認，這應是鄭王啣恨終身之事，他曾為此努力十二年之久！

當鄭王登基時，暹羅還是群雄割據的局面，每一首領各有其不平凡的背景或宗教方面的憑藉，有的獨霸一方已有長久淵源，鄭昭只是一個在短期內崛起的異鄉人，除了才能與創造命運的信心，甚麼也沒有。為了統一暹羅所費的力氣，遠比驅逐緬甸人更甚。何況在此後的十餘年中，緬甸人依舊時來尋釁，因此鄭昭時時感到迫切需要祖國的支援，曾數度進貢，請求清廷加封，並盼賜予免稅貿易船三幫以換取他所需要的物資，包括軍火與建築材料等等，都被乾隆帝一一拒絕，原船退回。他誤信左右胡說，根本弄不清楚實際情況，以為鄭昭的天下是由篡奪得來，置之不理。

鄭昭只好孤軍奮鬥，直到一七八一年天下大定以後，又正式遣使率大船十一艘，滿載土產寶物如大象、沉香、琥珀、象牙、荳蔻、孔雀翎等朝貢中國。這時他所需要的已不是物質的支援，而是認認從素可泰王朝以來一直是暹羅宗主國的「娘家」，他雖做了暹羅王，天生的對祖國仍有一份依戀。這時他登基已十四年，在與緬軍交戰時俘得雲南士兵立即遣送回籍，也很為中國做了些事，清廷終於了解實情，這才接納貢物，並回賜禮物計織錦緞、織錦羅、織錦紗各數十疋，另外還有玉器、瑪瑙與瓷器等百餘件，可是當貢使回到暹羅時，鄭昭已不在人間了！

我常想，若貢使能夠早些到達，局面會比較不同，亦未可知，然而一步之差，鄭昭還是飲恨以死。清廷也不聞不問，倒是暹羅人，在湄南河畔為鄭王建了一座至美之塔。

湄南河被泰國人稱為「母親的奶水」，是縱貫泰國的主要大川。鄭王塔也是曼谷最高最美的建築，其精雕細鏤，輝煌燦麗，真是並世無匹。樹立鄭王銅像的廣場也是曼谷最大的廣場，吞武里仍然算是泰國首都所在，與曼谷並稱「京吞二府」。通往銅像的大路稱為「達信路」，至今每當南部舉行軍事演習時，一律稱為「達信十幾演習」。泰國人極富於藝術天才，不乏出色的雕刻家，可是當局刻意求精，鄭王銅像卻是禮聘義大利一位名家塑成，躍馬橫刀，濃眉凹眼，典型的廣東人面孔，英武非凡。每年十二月廿八日是光復大城紀念日，當朝國王與王后一定前往隆重祭祀，平時也常有年輕人自動前往獻上花環致敬頂禮，甚至長跪追思。而且一般的泰國人都承認他們歷史上出過五位大帝（the Great），第一位是素可泰王朝的拉瑪甘亨二世，他創立暹羅文字，且二次親訪中國元廷，帶回許多農工建設顧問與百業技工。第二位是阿猶地亞王朝的「黑王子」那萊萱，暹羅第一次亡於緬甸達十七年之久，被黑王子光復了。第三位就是鄭王帕昭達信。第四位是拉瑪一世，他對泰國的文藝復興厥功至偉。第五位是拉瑪五世朱拉隆功，他使泰國成為現代化的國家。泰國立國於我們的元初，是東南亞的文明古國，歷代也並不乏頗有建樹的賢君，鄭昭卻能在僅有的幾位大帝中居其一，可見他是一直活在人們心裡，凡此種種，都足以告

慰於鄭王的在天之靈，他確是和他的勳業一般不朽，從他那個時代直到今天，已有兩百年之久，泰國一直是東南亞最團結最繁榮也最安定的國家。

六十年二月

海闊天空敘離情

那年離臺前往泰國，把一個已經經營了二十年的家結束，再到另一個彷彿已很熟悉其實完全陌生的地方重新開始，回想當時，興奮憧憬的成份少，留戀惶恐的成份多。雖然南洋一帶風物，原是我童年時代夢寐以求的熱帶天堂；七年前經過時，曾留下美好印象；三年前度假時，更獲得進一步的認識；可是歲月無情，當有一天夢境成為事實時，我先耽心自己是否還能適應新的環境。

記得行裝甫卸，身心俱困。翌日在宴會中遇見我國駐泰大使館新聞參事處屠處長夫人，承她好意問我：「就在這一兩天，讓我安排一次茶會，介紹你和這兒新聞界的朋友們認識，為你來篇特寫，好嗎？」

「啊，謝謝你！可是我太累了，累得只想一覺睡去再別醒來。而且，我實在不值得這樣驚天動地，也很不習慣這樣的場面呢。」

當時屠夫人頗現不悅之色，其實，來來往往的文化界人士，包括開畫展的、演奏的、登臺賣藝的，早把她和屠處長忙得只想有個地方求饒，但以後我們終於漸漸成了很知己的朋友。

對於自己這樣的「不識抬舉」，倘若曾有一絲後悔，那便是後來發現在曼谷僑社中，一個人的姓名能夠「上了報紙」竟是如此的「榮宗耀祖」。不但「某公子自臺灣畢業政大，學成歸來。」可以成為新聞，若有某大使某部長過曼谷的消息，第一個到大使館表示願意接待的便是該姓的宗親會。這使我常常覺得自己對不起鍾氏宗親會——這麼一個原可榮宗耀祖一番的阿姑，轎子已在門口，偏偏不肯上轎，真是太不爭氣了！雖然他們待我還是那麼好，每年春祭秋祭前往祠堂磕頭，大家總是「阿姑阿姑」地喚得好親熱，他們越這麼喚我，我越覺得對不起他們。

然而，對我個人來說，這兩年在曼谷的生活，正如蘇澳六年一樣，是我一生之中最好的時光。我應趁此補讀平生未讀之書，但為適應環境，卻去學習使用另一溝通思想感情的工具——英文。好在，由於教學方式的特殊，我還是讀了一點書。學校規定學生在課外每週讀完一本袖珍本小說，其中不乏名家如紀德與馬克吐溫等的作品。其實，若非因為老師逐日把學生喚起來問內容，我讀中文書也難有此驚人的效率，可見讀書雖是樂事，還是需要一點強迫，因此趕得十分緊張，但也讀得興趣盎然。回來之前剛通過畢業考，當主持口試的老師向我握手致賀以後，我輕鬆地踏過那長長的甬道走下石階時，忽然有一種空虛的感覺，心中惆悵，難以言狀——以後再沒有誰逼我做功課了，我不知該做甚麼是好？第二天且帶著女兒去看一場電影，素坤逸路街景如畫，早風吹得紫色的花樹窸窸窣窣地響，我們先站在櫥窗外欣賞室內裝飾，只覺曼谷美得令人迷惘。歸途中順便去學校看第二次榜，沿著學校圍牆走了一段，把隔鄰的園囿看了又看，當我坐在樹下等上課的日子，那片園囿曾令我如此醉心，以後再看不見了。曾有一位喘病同學——四季如夏的曼谷照樣有人病喘——輟學以後，時常坐在咖啡座上一樽獨對，看著來來往往早已把她遺忘的同學。她說，她三天兩天地進醫院，無法讀書，能坐在這兒看看也好。當時我還想：「這泰國女孩真是多情！」現在我卻頗有同感，只是我不會那麼癡，終於想到，我該回臺灣來看看。

臺灣比兩年前乾淨了，寬敞了，也可愛多了。我住在一位朋友家，正是我以前曾經住過的新社區，一切都那麼熟悉，那麼親切，連擦鞋童都還認得我。尤其是朋友們久別重聚，開懷暢敘，沒日沒夜地玩，連想家的時間都沒有。但不知怎麼，午夜夢迴，又想起家來。曼谷與臺北，對我並無分別，只因家在那兒，心就在那兒。所以短期的離家，也是一種好事，深信當我再回曼谷時，我又能打疊精神找事做了。

在曼谷，外子服務的公司為我們租了一層公寓，是位公主的產業，座落於一片花園內，只住著幾戶人家，卻有蘭棚、鳥舍、噴泉、泳池、鞦韆架等，靜極幽極，真是個讀書的好地方。除了上課與炊煮的時間，我多半在蘭棚下讀讀寫寫，倦來放下書本游目四顧，花的璀璨，水的碧藍，真是賞心悅目。偶然發現池畔一雙小拖鞋，不知是誰家孩子遺下的，更覺滿心是愛，我彷彿立即可以看見那雙白白的小胖腳，在池畔印下無數歡樂急促的足跡。

有時午睡中被鞦韆索的「吱——吱——」搖醒，睜眼一看，日影已被搖得斜斜地了，連忙起視，原來是女僕帶著孩子們盪鞦韆，不禁有「今世何世」之感，曼谷似乎還未染上氣急敗壞中風狂走的文明病呢。後來鳥舍中來了一位嬌客——爪哇鸚鵡，綠背紅肚，紅得像用顏料染的，但據說是天生的。牠的叫聲和鞦韆索的搖曳一模一樣，使我一直懷疑有人整天在盪鞦韆。不過當我來時，牠的叫聲已婉轉多了。

我們住在東南向的三樓，是最高層。當我剛到時，是周圍數里之內最高的建築，但直到現在，視界仍相當廣闊。偶然一陣新雨之後，虫鳴嚶嚶裡有蛙聲像老牛在哼，而樹梢頭上彩色的霓虹燈終夜眨著眼睛，昏夜起視，不知是城是鄉？即使在最熱的四五月裡，早晚仍是涼風習習。我喜歡在陽臺上夜讀，最初只因太忙。曼谷是歐亞非洲的交通孔道，過客很多，日間陪著遊埠採購之後，為了應付翌日上課，往往夜半起來讀書。自從為了防蚊，把陽臺周圍裝上紗屏之後，一燈如月，別有洞天，我竟把夜讀當做享受，經常在早晨四時就起來了，與空中的雲雀一同迎接每一個清新的黎明。

曼谷幾乎天天是大晴天，而且從不換季，所以游泳是全天候的。偶然冬天裡會有幾天陰天，一旦放晴，只覺雲淡風輕，天高氣爽，令人想到湄南河上駕船去捕捉春天的影子。有一天真的和幾位朋友去了，乘「水上巴士」，扁扁的小篷船，一路看盡繁花拂水的浮家泛宅，隨它把我們一直載向終點，然後再換乘另一路的「水上巴士」回來。我們不知那終站叫甚麼名字，只看見靜靜的寺廟，閑閑的人家，跳跳蹦蹦的孩子，懶懶的狗，河面有成群的水鳥，想必已近海口了。有些頑皮的孩子抓住老榕樹的鬍子在水面上盪鞦轣，三五個鑽在一起，像一大串果子搖來幌去，驚起水鳥紛飛。

只是，我們所欣賞的，泰國人自己未必欣賞，他們正急切地要使國家走向富強之道，而一個富強的國家，據說大人小孩都應該是很忙碌的。我所遇見的年輕人，大多不承認他們會跳舞，但還只是三十年前，有一種男女合舞群舞的「南旺」是由政府作為正當娛樂極力倡導的。每當月白風清之夜，從達官顯貴到百姓庶民都在廣場上婆娑起舞，應是何等境界？自從二次大戰結束以後，豪華的戲院年年增加，影片進口也多了，這種娛樂才漸漸成了專家的特技和佳節的點綴。

泰國本名暹羅，從元朝以來一直是中國的屬國，二十年前才改名泰國(Thailand)，意思是「自由之邦」。素可泰王朝的英主拉瑪甘亨二世曾兩度親訪元世祖，有一次一住兩年，歸去時曾延聘農工建設顧問專家多人與五百名陶瓷漆工及銀匠等，這是我們對泰國最早的「技術輸出」。當今策格里王朝拉瑪一世時，又有作家多位把我們的《三國演義》、《水滸傳》、《鏡花緣》、《薛平貴東征》等譯為泰文，並被列為古典名著。《三國演義》甚至曾被搬上電視，我們的諸葛亮與劉備關公張飛等都曾說著滿口泰語在螢光幕上和觀眾見面，所以泰國人對於《三國演義》的情節比我們自己還熟悉。而泰國小學的教科書上也說，他們的祖先來自中國的黃河流域。

所以，中泰民族本是同源，泰國文化受中華民族的影響既深且鉅，至今曼谷著名的遊樂場「迷你泰國」(TIMLAND)所表演的節目如舂米、養蠶、繅絲、織綢、製油紙傘、製陶器、竹器等，都是我們童年時早已見過或做過的事。可是，隨著佛教與婆羅門教的傳入，泰人受印度文化的影響也很深，而印度那種充滿玄想與神話的文學，顯然更受樂天的泰人歡迎。與荷馬史詩齊名的印度古典文學名著——四萬八千行敘事長詩〈拉瑪雅那〉(Ramayana)，據歐美學者考據，寫成於紀元前三千年。——曾經泰國作家集體創作，改寫為〈拉瑪格嚴〉(Ramakien)，成為他們自己阿猶地亞王朝時代的故事。其中的風神之子哈祿曼，是位猴子將軍，據說他打個呵欠就能把日月星辰吞進去又吐出來。他和雅克族的公主（是一條美人魚）戀愛，一個既戇又醜，一個千嬌百媚，不但成了民間雕塑繪畫的偶像，而且至今是啞劇舞蹈中最受歡迎的節目之一。此外他們精美的樂器和細緻華麗的寺廟建築，也都有印度文化的痕跡，每年四月十三日的潑水節，正是婆羅門教的遺風，南部一帶還有回教文化的痕跡。

不過，泰國民族自有其獨特的個性，他們把一切外來影響消化了，再產生屬於他們自己的文化。又兼他們本身便包括十多種民族的成份，各有各的文化背景。他們非常珍重這種文化的特色，為使人民不要忘本，也為吸引外來的觀光客，泰國藝術廳每年三月都要主辦一次藝術大公演，把中南部和東北部的戲班子、歌舞團統統召來，包括皮影戲，由一個人操縱，連說帶做，居然舞得十分熱鬧。藝術學院與朱拉隆功大學、法政大學的學生也參加表演。泰國王室有幾位親王都是作家，其中一位巴莫親王不但能寫能編而且能演，親自粉墨登場以為表率。他仍用〈拉瑪格嚴〉的內容，卻借劇中人評論當前的國家大事。他自己擔任苦行僧，赤足拄杖，與哈祿曼一問一答，諷刺貪污的官吏，亦莊亦諧，引得滿堂喝彩。不，那兒其實沒有「堂」，只是在國家博物院的廣場裡搭個臨時戲臺，觀眾付三銖買張門票便可進去席地而坐，在草坪上觀賞，每銖只合臺幣二元（一張電影票最便宜也要十六銖）。泰國人一向喜歡趕熱鬧，如此盛事，一連要繼續三週之久，每天下午四時開始，廣場上便已座無虛席，那情況一半像我們的草臺戲，一半又像倫敦的海德公園。這種保持固有文化而又意義深長的活動，很值得我們負責復興中華文化的先生們參考。當然，假使文藝界前輩們也能像巴莫親王似地以身作則，這類活動就更多彩多姿而具深度了。

曼谷有很多畫廊，觀光旅社與百貨公司、書店、手工藝品商店等也往往附設畫廊。除了陪朋友參觀，偶然陰天甚麼都不想做時，我也會一個人在畫廊裡消磨一下午。泰國人極富藝術天才，每當進了畫廊，我就希望自己是富翁。他們的作風包括各種流派，寫實與抽象，以及各種刁鑽古怪的技巧兼備。但無論那一流派，都具有強烈的民族風格，令人一望而知那是泰國人的作品，決不會弄錯。而若干畫面技巧和意境之美，不但使我著迷，洋人也著迷。

泰國人喜歡鮮豔的色彩，這種愛好不但表現在純藝術方面，也表現在裝飾藝術方面。有些強烈的對比色如紅與綠，橘紅與深紫等被放在一起，照理論說來，不能想像該有多麼傖俗；可是一經他們的慧心調配，你只覺充滿高雅與華麗，凡此種種，都象徵一個民族的樂天性格與深厚的藝術修養。

大體說來，泰國人是個愛好和平的民族，也是個容易相與的民族；愛美、愛自然；吃得很節省，卻更講究情調。一般的泰國飯館收費都很公道，小盤小碟地，乾乾淨淨地，即使在鬧市中，也必留出若干方丈之地讓人享受在花園裡進食傾談的樂趣，或者就把飯館設在臨流的水榭裡。泰國人擅製各種精美的鹹甜小食，有些親王公主喜歡在自宅花園中舉行遊園會，就把街坊間的著名小食連車連灶推進花園，由僕人把他們分別安頓在每一角落，再在車旁配置桌椅餐巾鮮花等等（連洗手的銀盂裡也漂幾瓣蘭花）。客人只管自由自在地吃遍全園，一面與你熟悉的朋友款款而談；事後主人依照留下的空碗結賬，連小費都免了，真是皆大歡喜。有些客人索性送一車小食進去作為禮物，事後這一車由他負責結賬，也是惠而不費。一般人民都謙恭有禮，也不輕易說大話，像這麼一個自甘淡泊與世無爭又極懂得如何享受人生的可愛的民族，應是最得人緣也最受尊重的。然而一般有識之士都憂心忡忡，認為有許多事亟需迎頭趕上，烽火已在邊境燃燒，整個世界實在是個只知崇拜強權而且不擇手段的世界，對於美的欣賞遠不如對打鬥的興趣濃厚呢。

有人以為我會入泰國籍，因為我是這樣的喜歡泰國，而且學過泰語。我要說，我不可能入任何國籍，我永遠是中華民國人。當時學一點泰語，只為了要應付最起碼的日常生活，至今我要女僕把燈罩擦乾淨，還只能說：「請你把這盞燈的『樓上』擦擦好嗎？」她會意一笑，我也就不求甚解了。

我們還有一個錯覺，以為華僑都是富有的，因為回來參加雙十國慶典禮的幾乎個個都是成功的事業家。其實這種人物在僑社中只佔著極小的比例，甚至小康之家也不太多，最多的還是終歲辛勤勉強餬口的小市民階級，反映在〈僑報副刊〉上的文字，反而不如臺灣報刊的顯得安定富足而樂觀。須知立身異國，實非容易，寄人籬下，心情總是孤單，那感覺與在國內的心安理得迥然不同。所以一個人在國外住得越久，越眷念自己的祖國；現在我才了解為何華僑特別愛國，而且愛得恨鐵不成鋼。他們正如遠嫁的女兒，總盼有個體面的娘家，這娘家不一定是有錢有勢，但必須奮發有為，充滿希望。僑居地的生活若不如意，固然一心嚮往祖國；即使十分愜意，也總覺自己並不屬於這個國家。有一位僑領逝世已二十年而尚未下葬，總盼有一日還能魂歸故土，說來心酸。

曼谷臺北之間只三個半小時的飛行，比從臺北乘火車南下高雄還快，可是進出到底不是很方便。在曼谷時，只覺臺北渺不可及，回到臺北，又覺曼谷已很遙遠了。而兩個地方都是如此可愛，因為兩地都有我的好友。尤其臺北，回來時只告訴了兩位，接機的卻有七位。別來彷彿只有數月，因為走時是夏天，來時又是夏天，而在曼谷從未換季。但在另一種感覺上，又彷彿已經很久很久了，這使我興奮地把接機朋友都熱烈擁抱一番。第二天去看一位文友，兩人更是笑一會又哭一會——她沒想到我會突然出現，乍信還疑，再不肯放我走，就押著我到處跑。正好那天下午婦女寫作協會舉行年會，她說：「給她們來個大吃一驚，你會在那兒看見所有想見的朋友。」不料抵步以後，主席一定要我致詞，我在全無準備的情況下，只說了五分鐘的話，我說：「好在，以後還有時間，讓我們慢慢再談。」

現在，三民書局又要為我印書。去年秋天《蘭苑隨筆》在〈中副〉發表時，劉經理已來信提過要為我出版，但只寫到第十二篇就因為功課太忙而中輟，真想寫的還未寫出來。而逆旅中缺乏資料，也無從整理思緒，他們既不願意再等，字數又還差了一萬，就把連日與朋友們所談內容拉雜寫來，權當代跋，也算對那天的婦協年會有個交代吧？

六十年五月於臺北

三民叢刊 精選散文

（本局另備有「三民叢刊」之完整目錄，歡迎索取）

80 尋找希望的星空　呂大明 著

在人生的歷程中，處處是絕望的陷阱。但晚星的光芒將會是黎明的導航員，豎琴的一根弦也會再奏出「生命之歌」，超越絕望，希望的星空就呈現在眼前。

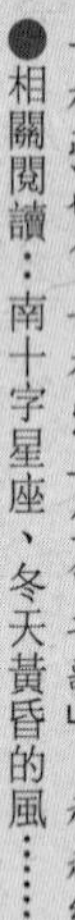

●相關閱讀：南十字星座、冬天黃昏的風……

255 扛一棵樹回家　洪淑苓 著

本書作者出身平凡，立志於文學，兼有通達世俗與詩情畫意的筆觸，獲得散文大家簡媜「一個有肩膀的女人」的讚譽。她以篇章交織成「五年級」的童年往事，展現其慷慨熱情、認真打拚的人生態度。全書溫柔與幽默並見，蘊藏寧靜與幸福的氣息，是新世紀散文最美妙的閱讀深呼吸！

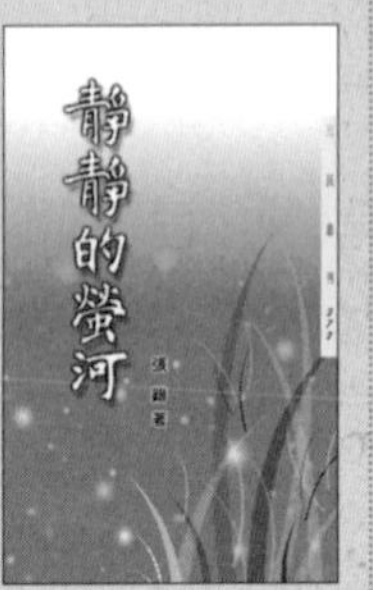

272 靜靜的螢河　張錯 著

假若詩不僅是感情滿溢迸露，更是心情寧靜追憶，那麼散文創作，應該就是寧靜而沉著的感悟傾訴。作者在這本散文集子中，嘗試自濃郁詩意抽身而出，以冷冷一眼投向世間虛幻。他體悟到從一樹橘子成熟到一夕曇花綻放凋謝，都是不斷在啟示生命的深沉忍耐或美麗完成。

281 一月帝王　莊因 著

體驗文字的魔力，串連細微神經的末梢，在封面封底之間，讓毛孔吸一口清新與悠閒。本書或談說人生及處世態度，或為憶往與感懷之作，或論野趣種種，下筆亦莊亦諧，以小見大。

●相關閱讀：詩情與俠骨、大話小說、八千里路雲和月、莊因詩畫……

國家圖書館出版品預行編目資料

蘭苑隨筆／鍾梅音著.－－二版一刷.－－臺北市：
三民，2005
面；　公分.－－(三民叢刊:180)

ISBN 957-14-4188-0 (平裝)

855　　93023430

網路書店位址 http://www.sanmin.com.tw

© 蘭苑隨筆

著作人　鍾梅音
發行人　劉振強
著作財產權人　三民書局股份有限公司
臺北市復興北路386號
發行所　三民書局股份有限公司
地址／臺北市復興北路386號
電話／(02)25006600
郵撥／0009998-5
印刷所　三民書局股份有限公司
門市部　復北店／臺北市復興北路386號
重南店／臺北市重慶南路一段61號
初版一刷　1971年6月
初版三刷　1979年11月
二版一刷　2005年1月
編號　S 850260
基本定價　貳元陸角
行政院新聞局登記證局版臺業字第〇二〇〇號

ISBN 957-14-4188-0 (平裝)